双重人格

[俄] 陀思妥耶夫斯基 著

臧仲伦 译

人民文学出版社

ДВОЙНИК
ДОСТОЕВСКИЙ Ф. М. ПОЛНОЕ СОБРАНИЕ СОЧИНЕНИЙ В ТРИДЦАТИ ТОМАХ / АН СССР, ИНСТИТУТ РУССКОЙ ЛИТЕРАТУРЫ (ПУШКИНСКИЙ ДОМ), ТОМ Ⅰ. НАУКА, ЛЕНИНГРАДСКОЕ ОТДЕЛЕНИЕ, 1972-1990.

图书在版编目（CIP）数据

双重人格/（俄罗斯）陀思妥耶夫斯基著；臧仲伦译. —北京：人民文学出版社，2021（2025.1重印）

（陀思妥耶夫斯基中篇心理小说经典）

ISBN 978-7-02-016601-5

Ⅰ.①双… Ⅱ.①陀…②臧… Ⅲ.①中篇小说—俄罗斯—近代 Ⅳ.①I512.44

中国版本图书馆CIP数据核字（2021）第198208号

责任编辑　**李丹丹**
装帧设计　**黄云香**
责任印制　**王重艺**

出版发行　人民文学出版社
社　　址　北京市朝内大街166号
邮政编码　100705

印　　刷　三河市中晟雅豪印务有限公司
经　　销　全国新华书店等

字　　数　135千字
开　　本　850毫米×1092毫米　1/32
印　　张　10　插页1
印　　数　11001—14000
版　　次　2021年11月北京第1版
印　　次　2025年1月第4次印刷

书　　号　978-7-02-016601-5
定　　价　54.00元

如有印装质量问题，请与本社图书销售中心调换。电话：010-65233595

揭示人之奥秘的"最高意义上的现实主义者" / 001

第 一 章 / 001

第 二 章 / 015

第 三 章 / 037

第 四 章 / 053

第 五 章 / 077

第 六 章 / 091

第 七 章 / 113

第 八 章 / 131

第 九 章 / 155

第 十 章 / 187

第十一章 / 225

第十二章 / 245

第十三章 / 269

揭示人之奥秘的"最高意义上的现实主义者"

"人是一个奥秘。应该解开它,如果你毕生都在解开它,那你不要说损失了时间;我在研究这个奥秘,因为我想做人。"1839年,尚未年满十八岁的陀思妥耶夫斯基在给兄长写的一封信里写下了这句著名的话,每每论及作家创作特点时这句话经常被引用。

一

陀思妥耶夫斯基的处女作,也是其成名作《穷人》,从内容到形式已经在践行揭秘的构想。早在十九世纪六十年代,新土壤派文学文化批评或曰"有机批评"理论的提出者格利高里耶夫就撰写了一篇文章,名为《费·陀思妥耶夫斯基与感伤自然主义流派》,对《穷人》的体裁做了在我看来最为精准的认定。虽然感伤主义文学作为一种文学流派在十九世纪四十年代的俄国文坛已经销声匿迹,但《穷人》在很多方面与感伤主义文学有着千丝万缕的联系。

首先,想必当时的读者看到小说的题目,十有八九会立即联想到引领过半个世纪前俄国阅读风尚的感伤主义代表作家卡拉姆津的《可怜的丽莎》,因为两部作品中的"穷"和"可怜"使用的是同一个俄语词汇。相信阅读完小说的读者脑海中留下的主要印象应该不是"穷",而是"可怜"和心疼,男女主人公的最后一封信尤其促成了这一印象的形成。女主人公瓦尔瓦拉最终被迫嫁给只闻其名不见其人的贝科夫先生,不得不与"弥足珍贵"的男主人公马卡尔·阿历克谢耶维奇·杰武什金分离,在道别信里她写道:"现在我的心里堵得满满的,堵满了泪水……泪水憋得我不能透气,撕碎了我的心。再见吧。上帝啊!我是多么忧伤!记住我,记住您可怜的瓦连卡!"这里的关键词不是"穷",而正是"可怜";当男主人公最后语无伦次地写出这些话:"他们正在把您带走,您要走了!现在他们就是把我的心从我的胸腔里剜出来,也比把您从我这里带走的好!……啊,天哪,天哪!……您是一定要跟贝科夫先生到草原上去了，而且是一去就不回来了！啊，小宝贝！……不，您还要给我写信，您还要给我写一封信，把一切都告诉我……不然的话，我的美妙的天使，它岂不就成了最后一封信了，可是要知道，说什么也不能让这封信成为最后一封。怎么会突然之间，的的确确成为最后一封！……"这时候我们能体会到男主人公力透纸背的悲伤和失落，这封恐怕到不了收信人手里的信让我们感受到的是可怜和心疼，同时也能更深刻地理解同居一个院落、隔窗相望的男女主人公通过书信相互联系的根本原因：对于处于孤独之中的人，可以倾诉是最重要的，感受到被需要是存在的意义，而书信无疑要比面对面的交流更自由、更酣畅淋漓，甚至更肆无忌惮。虽然九级小官吏杰武什金贫穷，但他心甘情愿放弃好一些的住宅去租一个小破屋子，为的是给他的"小天使"瓦尔瓦拉租一个好的房子，放弃包括喝茶这样最基本的生活需求，为的是让他的"心肝"可以享用美味的茶点，放弃买一双梦寐以求的靴子、换件像样的大衣，为的是让他的"小宝贝"可以像其他太太小姐一样打扮起来，而做这一切或努力做到这一切是他的幸福源泉，让他心有所依，而瓦尔瓦拉的离开却让他的心空了、慌了、乱了，变成了一个深不见底的大洞。由此可以发现，小说的主题不是社会问题"穷"，而是心理问题"孤独"以及由此引发的"可怜"。所以说，小说的结尾同样应和了感伤主义文学的传统套路，即相爱的人因为外在环境的压迫而不得不分离，虽然小说描写的不是男女之间狭义的爱情。

其次，小说采用的是书信体的形式，由31封男主人公马卡尔·杰武什金的信函和24封女主人公瓦尔瓦拉·多布罗谢洛娃的书信组成，而书信体是感伤主义文学的传统文学形式，冲破古典主义文学条条框框的感伤主义文学作家热衷于书信体的主要原因，是让往往身为普通人的主人公通过书信敞开心扉，直抒胸臆，表达细腻的、百转千回的情感起伏，使读者尽可能地走进人物的内心世界。初入文坛但立志解开人之奥秘的陀思妥耶夫斯基采用书信体写作第一部大部头作品，是情理之中的事。顺带说一句，在此之后两年出版的长篇小说《白夜》采用男主人公"独白"的形式，同样是挖掘人这个奥秘的自然需求。

最后，小说的语言，尤其是杰武什金的语言和语言风格，具有鲜明的个性特点。有意思的是，小说甫一问世，这一特点就引起了读者和评论家的注意，甚至包括疑惑和诟病。具体说来，一是啰嗦或曰话多，二是比比皆是的小词[①]的运用，这些

---

① 小词指俄语中的指小表爱词语。——编者注

小词既包括大量的语气词，也包括上百指小表爱的词语，比如"小天使""小宝贝""小花"，甚至"小子宫"。"子宫""小子宫"在俄语中通常是对女性，尤其是对年轻姑娘的温存爱称，但满篇的"小子宫""亲爱的小子宫"依然引起了作家同时代读者的生理不适。①

这样的语言风格在当时直接引发的怀疑就是：一个在官僚机构中整天抄抄写写、在枯燥公文中度过了三十年时光的小官吏会这样说话吗？这样说话恐怕不会，但这样写却并不丧失真实。实际上，如果关注陀思妥耶夫斯基的全部创作就不难发现，其作品人物，尤其是社会底层小官吏的这种絮叨和滥情并不鲜见，比如《罪与罚》中的马尔梅拉托夫，比如《卡拉马佐夫兄弟》中伊留沙的父亲，等等。需要注意的是，俄罗斯感伤主义文学语言方面的一大典型特点恰恰是指小表爱词语的运用，须知在《穷人》之前二十年面世的格里鲍耶多夫的剧作《聪明误》中，对索菲亚和莫尔恰林的讽刺正是通过二者模仿感伤主义文学主人公而广泛使用指小表爱词语体现出来的。

《穷人》不仅具有浓郁的感伤主义文学特点，同时应当指出，

---

① 这或许正是翻译家磊然在译本中没有采用这一直译的原因。——编者注

发表在涅克拉索夫以支持和弘扬自然主义流派为宗旨而出版的《彼得堡文集》上的《穷人》，无疑应和着时代的呼声，真实、自然、深入地描绘普通人的琐碎日常生活和情感是小说的核心内容。在小说主人公，尤其是男主人公的书信中，我们看到了彼得堡大街小巷的灯红酒绿、声色犬马，办公室里各色人等的冷酷和温情，出租屋里不同房客的傲慢和卑微，父子之间的隔膜和亲情，等等。小说由此丰富了俄罗斯文学中的"小人物"画廊，至少可以说，以书信体呈现的"小人物"杰武什金比普希金《驿站长》中的维林更丰富，比果戈理《外套》中的巴什马奇金更立体，彼得堡底层"小人物"在陀思妥耶夫斯基这里有了自己的声音，开始讲述自己以及与自己类似的人的故事，开始讲述自己的生活。

纵使涅克拉索夫读完《穷人》以后发出"新的果戈理出现了！"这样的惊叹，但文学评论家瓦列里昂·迈科夫的认识应该更为准确。在《穷人》发表的同一年，迈科夫写了《略论一八四六年的俄国文学》一文，明确指出："果戈理也好，陀思妥耶夫斯基也罢，表现的都是现实的社会。但果戈理主要是社会诗人，而陀思妥耶夫斯基主要是心理诗人。对于一个人来说，个体作为某个社会或某个圈子的代表而言重要；对于另一个人来说，社会本身因其对个体的个性产生影响而言有趣。"

迈科夫在陀思妥耶夫斯基刚刚进入文坛时就如此精准地发现了他创作的典型特征，尤其是这种特征贯穿了作家未来的全部创作，我们不得不佩服评论家的洞察力及其眼光的预见性。而作家的这一创作特点正源于其解开人这个奥秘的初衷。

二

紧跟《穷人》完成的中篇小说《双重人格》可以被看作前者的姊妹篇，作家在这里更深地进入一个"小人物"亦真亦幻的内心世界，全方位地展示出内心裂变的孤独之人的所见、所思、所感。虽然小说采用的是第三人称叙述形式，但通篇读下来，读者不难产生第一人称的叙述感受，因为小说的所有人物、事件以及对这些人物情感和事件的体察与认识都是通过主人公戈利亚德金的眼睛和内心折射出来的，比如其仆人彼得鲁什卡的爱搭不理、莫名其妙的讪笑，比如其同事们诡异的交头接耳、窃窃私语及其时而惊讶捂嘴时而放肆大笑的反应，这一切行为之中，在主人公看来，都隐藏着不可告人的阴谋，而小说自始至终都笼罩在这个不可告人的阴谋里。从小说第一章主人公"上星期由于某种需要"拜访了"医学与外科学博士"开始,到最后一章被这个博士带走(虽然我们不得而知将把他带去哪里,但带去精神病院应该是大概率事件)结束,读者被主人公引领着、感悟着这个阴谋,或如小说初次问世时副标题标示的"戈利亚德金先生的历险"。"某种需要"是什么呢?是感受到被迫害、感受到周围都是"敌人"因而需要得到专业的救助,被害情绪需要得到排解,换句话说,从这个时候开始,用医学术语描述,小说主人公成了被迫害妄想症患者,而这个阴谋就是整个世界都在与自己作对,都要迫害自己,所谓"历险",也就是遭受迫害的危险和感受。小说的最后一句话"呜呼!他对此早已经有预感了",与小说最初的副标题形成了呼应,而实际上,这种预感在小说中是随时随地存在的,正因为这种预感如影随形的存在,读者也就不由自主地产生了切实的被代入感、身临其境感。

《双重人格》之所以可以被看作《穷人》的姊妹篇,是因为二者的主人公具有诸多共同之处:都是小官吏,都孤身一人、形单影只,都恐惧周围的人和事,都深切感受到同僚的鄙视,都渴望得到认可和肯定。同时,不同之处同样也是显著的,这种不同和差异使两部作品构成了相互充实和丰富的关系。我们前面说过：对于处于孤独之中的人，倾诉是最重要的，感受到被需要是存在的意义。能够倾诉、可以奉献让杰武什金感到自己的存在有价值，而丧失了倾诉对象和奉献渠道让他万念俱灰。《双重人格》的主人公比他更为可悲和无助，他从来没有被任何人需要过，从来没有机会向任何人倾诉内心的情感，他要说的话、希望表达的想法从来没有完整地表达过，唯一的一次敞开心扉、酣畅淋漓地把"某些秘密和隐私坦诚"相告的对象是他的双重人小戈利亚德金，得到的结果却是对方的背叛和羞辱。

值得思考的是，小戈利亚德金对于大戈利亚德金来说究竟是一个怎样的存在？双重人格的两重性，其一是显在的行为举止，其二是隐秘的、受到抑制的欲望和心思。戈利亚德金的显在人格表现在官本位社会里的处处小心、谨小慎微、维持外在的"体面"，而隐秘人格则通过小戈利亚德金得到了淋漓尽致的体现，小戈利亚德金对大戈利亚德金的感受是复杂的：既为其行为感到不齿，又对其暗暗地怀着钦羡，不然小戈利亚德金一次次首当其冲出现在他脑海里的形象怎么总是脱不开春风得意、左右逢源呢？他为什么又总是会留意到对方是在办"特差"呢？实际上这不正是他梦寐以求的自己的模样吗？

可现实中他的感受却是："把我像块破布头似的擦来擦去，

我绝不答应。……我不是破布头；先生，我不是破布头！""不过话又说回来，我们也无意争论。如果有人想要，比如说，如果有人硬要把戈利亚德金先生变成一块破布头，要变就变呗，既不反抗，也不会受到惩罚（有时候戈利亚德金先生自己也感觉到了这一点），于是一块破布头就出来了，戈利亚德金成了不是戈利亚德金——就这样，变出了一块又脏又下贱的破布头，但是这破布头可不是一块普通的破布头，这破布头也有自尊心，这破布头也有生命、也有感情，虽然这是一种不敢反抗的自尊心和不敢反抗的感情，远远地躲在这块破布头的肮脏的折缝里的感情毕竟也是感情呀……"

现实中卑微怯懦、任人欺凌的小官吏戈利亚德金与其幻想中不择手段但讨同事喜欢、平步青云的戈利亚德金形成了撕裂。迈科夫在《略论一八四六年的俄国文学》中指出，《双重人格》表达的是由于意识到撕裂而"毁灭的灵魂的解剖学"，小说主人公的恐惧及其社会无助感正是由撕裂引起的。格利高里耶夫同样使用了医学术语评价《双重人格》，认为它"是病理学，不是文学"。不管是解剖学还是病理学，这类评价都是从不同侧面发现并肯定陀思妥耶夫斯基的小说对人物灵魂的挖掘之深。

当陀思妥耶夫斯基的这一创作特点被普遍认可、他本人不断被认定为心理学家的时候,他却强调自己不是心理学家,而是"最高意义上的现实主义者"。换句话说,对于作家来说,人的心理现实、隐藏在人心幽暗"地下室"里的现实,是最高意义上的现实,解开这个现实的奥秘才能解开人这个奥秘。

三

任何一个人都不能对另一个人盖棺论定,不管他自以为如何了解另一个人,每个人都有不为人知,甚至不为自己所知的一面,这一面可能是美好的,也可能是阴暗的,这里体现的正是人性的复杂,或者如陀思妥耶夫斯基所言,是极其隐秘的"最高意义上的现实"。一八五四年,陀思妥耶夫斯基在写给哥哥的一封信里表达了类似的认识:"……人不管在哪里都是人。我四年里在苦役地的强盗中间终于剥离出了人。你是否相信:存在深刻的、强有力的、美好的性格,在粗鲁的外壳底下寻找金子有多么快乐。而且不是一块、两块,而是好几块。"对人的这种认识不时回响在作家不同时期的创作之中。

人性复杂的原因之一在于人有冲动,俄罗斯人更是如此。陀思妥耶夫斯基更擅长的是表现冲动的恶果,或如别尔嘉耶夫所说的冲动的"岩浆"。在一八七三年《作家日记》的《伏拉斯》一文中，作家集中探讨了这个问题。借着俄国乡村两个小伙子打赌谁敢对着圣餐（即耶稣的身体）开枪的机会，作家深入观察了俄罗斯人会争论、会打赌"谁比谁做得更放肆"的现象，发现了"在最高程度上对我们从整体上表现出整个俄罗斯民族"的"民族典型"："首先是在一切方面忘记一切尺度……这是一种跨越边缘的需求，一种对呼吸停止感觉的需求，达到深渊，半个身子吊在里面，往无底洞里张望，在个别但却十分不稀有的情况下像个疯子似的大头朝下扑进去……"

这种忘记一切尺度的冲动对于陀思妥耶夫斯基本人是不陌生的。在国外一度沉迷赌博、总是赌得身无分文、预支稿费也要赌、终至债务缠身面临牢狱之灾的经历，无疑是陀思妥耶夫斯基创作小说《赌徒》的现实基础和直接动机，是促使其思考冲动这个魔鬼的根本原因。小说《赌徒》的主题就是冲动、狂热、失控，各种形式的、忘记一切尺度的冲动、狂热和失控。

二十五岁的主人公阿列克谢本是个聪明的、有教养的、善良的年轻人，狂热地爱上他担任家庭教师人家的继女波琳娜，贫穷、地位卑微的他渴望一夜暴富，以为有钱就有一切，因此一次偶然的机会进入赌场后，他一发而不可收，成为金钱的奴隶，更准确地说，是成为赌博的奴隶。虽然他自以为还爱着心上人，可相比于爱情来说，赌博的力量更不可阻挡，爱人则早已退居次要位置了，在赌桌前赢钱让他觉得自己是个王，是个神，是世界的主宰，就像他自己说的，"忽然被可怕的冒险狂热所征服"。也就是说，他觉得自己是世界的主宰，可事实上是赌博主宰了他。应该说，聪明、目光锐利、言辞犀利的七十五岁老奶奶安东妮达·瓦西里耶芙娜同样被这种"可怕的冒险狂热"攫住了，卷入赌场而不能自拔，第一次上瘾输掉数量可观的金钱，第二次干脆把全部现金和部分有价证券都输了个精光，对自己的轻浮行为已有所悔恨、打算回国的她，却在火车启动前二十分钟决定"我不赢回来死不瞑目！"，并最终输掉了几乎全部家产，这个被小说中众多人物心心念念的"钱袋"借了钱才得以返回俄罗斯。

小说《赌徒》还通过男女主人公纠结的爱情关系呈现了作家在其他更为著名的作品中的主题——"驯服吧，骄傲的人"，这一主题在很大程度上与失控的情感有着直接的关系：女主人公波琳娜的心实际上一直属于阿列克谢，但她在现实中的表现却十分傲慢，甚至冷漠，当阿列克谢把赢来的、让她可以借此捡回脸面的五万法郎交给她的时候，她却决定彻底破罐子破摔，委身于阿列克谢之后把本该摔到抛弃她的法国侯爵脸上的钱摔到了阿列克谢的脸上，这无疑是小说的一个高潮。人与人之间，尤其是男女人物之间这种说不清理还乱的关系，在陀思妥耶夫斯基的作品中比比皆是，而其中的根本原因，在作家看来，皆源于面子，源于蒙受羞辱后的自尊，也因此才有了"驯服吧，骄傲的人"的呼吁。

四

关注人性、深入洞察人性的复杂，甚至让陀思妥耶夫斯基完成了与其说是文学作品，不如说是反理性宣言的小说《地下室手记》。小说分为两个部分，第一个部分是"地下室人"絮絮叨叨的宣言，第二个部分是主人公以自身现实生活中的案例为第一个部分做注解。

宣言的核心内容就是否定铁一般的定律"二乘二等于四"，即早已得到公认、无可辩驳的事实，主人公就是要撞破这道墙，哪怕头破血流。展开来说，是主人公激情洋溢的自问自答："请问诸位，是谁第一个声明，是谁第一个宣称，说一个人是因为不知道自己真正的利益才去做坏事的；还说，如果启发他，让他发现自己真正的、正常的利益，他便会立即停止干坏事，摇身一变成为一个善良而高尚的人；因为，一旦受到启发，知道了自己真正的利益所在，他就会在善行之中发现自己的利益，而众所周知，谁也不会明知故犯地违背自己的利益而行动，于是，可以说他就会必然地开始行善啦？哦，幼稚的人哪！……有史以来的这几千年里，究竟何时人只为自己的利益才行动呢？……人们明知利害，也就是说，他们完全清楚自己的真正利益所在，却将这些利益放在次要位置，而奔向另一条道路，去冒险，去撞大运，没有任何人、任何东西在强迫他们这样做，他们似乎只是不愿去走已然指明的道路，而是顽固地、任性地要闯出另一条艰难的、荒谬的路……"

就像小说主人公的现身说法一样，他明明早就清楚与从前的同学聚会必将蒙受"耻辱"，可为什么还一定要去呢，而且是在打肿脸充胖子的前提下？他的内心明明对妓女丽莎怀有同情和怜悯，可激发出对方人的感受之后为什么要残酷地侮辱她呢？或者用主人公自己的话说："偏偏是在我最清楚地意识到完全不该去做的时候，这是为什么呢？我越是意识到善和所有这一切'美与崇高'，便越深地陷入我的泥潭，越是难以自拔。"导致这一切的有人性中非理性元素在作祟，同时与感觉自尊受辱，或是前面提到过的面子受伤的人病态的自我确定也有着密切的联系。

在"环境决定论""靴子比莎士比亚和普希金更崇高"的功利主义和实用主义盛行的十九世纪六十年代，陀思妥耶夫斯基以反理性主义小说《地下室手记》回击了当时自以为是、自信满满地认为改造环境可以让人变得更好的论调，在作家看来，认识人的奥秘、改造人本身才是第一位的，而环境只是对人的行为有一定的促进作用而已，甚至二者之间往往没有任何关系。正因此，陀思妥耶夫斯基在他的大量创作中以及《作家日记》中展现了各色人等无数的用理性无法解释的非理性行为，对于其所处时代流行的所谓"现代法庭"上律师巧舌如簧地把犯罪全都归咎于环境予以了质疑。

《罪与罚》主人公拉斯柯尔尼科夫的大学同学拉祖米欣的质问最有代表性：一个名利双收、志得意满的四十多岁的老爷诱奸一个幼女，是环境让他这样做的吗？这是人性使然。人心的"地下室"幽暗、肮脏、深不可测，与此同时，这漆黑一团的肮脏中又时时闪现出美与善的光辉。

* * *

陀思妥耶夫斯基在《穷人》《双重人格》《赌徒》《地下室

手记》中清晰地勾勒了他的创作"圆心"——探索人的奥秘。综观陀思妥耶夫斯基的创作,可以说,作家倾其一生都在努力完成自己在少年时期设定的任务。

赵桂莲

二〇二一年七月

彼得堡史诗

九品文官①雅科夫·彼得罗维奇·戈利亚德金，睡了一大觉，早晨醒来后打了个哈欠，伸了个懒腰，终于完全睁开眼睛时，已经近八点了。然而，他在床上又一动不动地躺了大约两分钟，就像一个人还没有十分把握：他到底是醒了呢，还是仍旧在睡觉，如今在他身旁发生的一切是实实在在的、真的呢，还是他依旧在神思恍惚、乱梦颠倒。然而很快，戈利亚德金先生的知觉变得明朗和清晰起来，开始看清他日常见惯的那些东西了。他四周的一切都在熟悉地张望着他：他那小屋的熏黑的、布满灰尘的、暗绿色的、脏兮兮的墙壁，他的红木五斗柜，仿红木椅子，刷了红漆的桌子，红地绿花、蒙了漆布面的土耳其沙发，最后，还有昨天匆匆脱下、团成一团、扔在沙发上的衣服。最后还有那个灰蒙蒙的秋日，浑浊而又肮脏，透过昏暗的玻璃窗，板着脸而又一脸苦相地窥视着他的房间，以致戈利亚德金先生无论如何再也无法怀疑了。他并不是在童话里的什么遥远的国度，而是在彼得堡城，在帝都，在六铺街，在一座非常大的、看上去十分起眼的公寓的四层楼，在他自己的寓所。戈利亚德金先生有了如此重大的发现后，又急忙闭上眼睛，仿佛对不久

---

① 1722年俄国沙皇彼得大帝颁布官秩表，规定俄国政府各级官员共分十四品。十月革命后废除。

前的那场好梦深感惋惜，希望重续旧梦似的。但是过了一分钟，他一骨碌从被窝里爬了出来，大概终于抓住了那个想法，迄今为止他那漫不经心而又理不出个头绪来的思绪一直在围着这个想法打转。从被窝里爬出来后，他就立刻跑到放在五斗柜上的一面不大的小圆镜前面。虽然镜子里照出来的人影，睡眼惺忪，非常近视，头上还秃了一大块，乍一看去简直其貌不扬，谁也不会对他特别注目，但是，看得出来，这副尊容的主人却对他在镜中见到的一切十分满意。"非出纰漏不可，"戈利亚德金先生低声说，"如果我今天稍有疏忽，比如说，有什么东西不对头，出了什么岔子——脸上额外长出个粉刺，或者出其他什么麻烦，那就非出纰漏不可了；不过眼下倒还不坏；眼下一切都很好。"对"眼下一切都很好"欢天喜地、额手称庆之后，戈利亚德金先生把镜子放回原处，尽管他还光着脚，身上还穿着平常睡觉时穿的那身衣服，可是他却跑到窗口，开始兴味盎然地用眼睛在窗外的院子里搜寻着什么。看来，他在院子里找到的那东西使他十分满意；他脸上绽放出自鸣得意的笑容。然后——不过，他先伸过头去瞅了一眼他那侍仆彼得鲁什卡在隔壁的小屋，确信彼得鲁什卡不在里面——就蹑手蹑脚地走到桌旁，打开桌子的一只抽屉，在这抽屉后部的一个角落里摸索了半天，终于从几份发黄的旧公文和什么乱七八糟的东西下面掏出了一只绿色的旧钱包，小心翼翼地把它打开——爱惜而又不胜喜悦地瞅了一眼钱包最里面的一只暗袋。大概，一沓绿票子、灰票子、蓝票子、红票子，以及其他各种花花绿绿的票子①也极其和蔼可亲和极其赞许地瞅了戈利亚德金先生一眼：他容光焕发地把打开的钱包放在面前的桌子上，踌躇满志地使劲搓了搓手。最后他把他那令人快慰的由国家发行的钞票掏了出来，开始第一百次（不过是从昨天算起）数钞票，把每一张都夹在拇指与食指之间仔细地捻过来捻过去，"七百五十卢布纸币！"他终于数完了，悄声道，"七百五十卢布……一笔巨款！这可是一笔令人愉快的巨款，"他用发抖的、高兴得有点儿有气无力的声音继续道，他两手攥着那沓钞票，满面春风地微笑着，"这可是一笔令人非常愉快的巨款！人见人爱！现在我倒想看看，有没有人会认为这笔巨款不足挂齿呢？这笔巨款是可以使一个人大有作为的……"

"不过这是怎么回事？"戈利亚德金先生想，"彼得鲁什卡上哪里啦？"他依旧穿着那身衣服，再一次瞅了瞅隔壁那间小

---

① 俄国人常用颜色代称各种面值的钞票：绿票子——三卢布，灰票子——五十卢布，蓝票子——五卢布，红票子——十卢布。

屋。在隔壁那屋里仍旧找不到彼得鲁什卡的踪影，里面只有一只茶炊放在地板上，在生气，在发火，在怒不可遏地不断威胁着要噗了，用它那听不懂的语言在叽里咕噜，嘁嘁拉拉地向戈利亚德金先生热烈地急切地唠叨着什么——大概是说：诸位好人，把我端走吧，我完全烧开啦，烧好啦。

"让魔鬼把他抓了去！"戈利亚德金先生想，"这懒鬼，这畜生，太不像话了，非把人气死不可；他上哪里逛去了？"他义愤填膺地走进外屋，这其实是个小走廊，走廊尽头有扇门，通过玄关，他把这扇门略微打开了一点儿，看到他那仆人被一大群人围在中间：他们是各式各样的仆人、家奴和闲杂人等。彼得鲁什卡在讲一件什么事，其他人在听。看来，无论是话题，还是谈话本身，戈利亚德金先生都不喜欢。他立刻向彼得鲁什卡喊了一声，就十分不满，甚至心绪不佳地回到了房间。"这畜生宁可一文不要就出卖一个人，尤其是主人，"他暗自寻思，"而且已经出卖了，一定出卖了。嗯，什么事？……"

"制服拿来了，老爷。"

"穿上后到这里来。"

彼得鲁什卡穿上了制服，傻呵呵地微笑着，走进了老爷的屋子。他穿上制服后一副怪模样，怪得不能再怪了。他身上是一件绿色的、穿得非常旧了的听差的制服，镶的金边已经脱落，看来，以前做这身制服的时候，是比着一个个头比彼得鲁什卡足足高一俄尺①的人做的。他手中拿着一顶礼帽，也镶着金边，还插着绿色的羽毛，大腿处还挂着一柄插在皮鞘里的听差佩的宝剑。

最后，为了使这画面更完整，彼得鲁什卡照他喜爱的习惯，常常衣履不整、随随便便，即便现在也打着赤脚。戈利亚德金先生把彼得鲁什卡上下左右地打量了一遍，看来还十分满意。这身制服显然是为了参加某种喜庆场合租来的。还看得出来，在老爷上下左右打量他的时候，彼得鲁什卡带着一种古怪的期待瞅着老爷，同时又带着一种非凡的好奇心注视着老爷的一举一动。这一看倒把戈利亚德金先生看毛了，他觉得非常尴尬。

"嗯，那马车呢？"

"马车也来了。"

"全天的？"

"全天的。二十五卢布，纸币。"

"皮靴也拿来了？"

---

① 1俄尺合0.71米。

"皮靴也拿来了。"

"笨蛋！就不会说'给您拿来了'。拿过来。"

皮靴不大不小，穿着正合适，戈利亚德金先生表示了高兴，接着就要喝茶、洗脸、刮胡子。他非常仔细地刮了胡子，又非常仔细地洗了脸，匆匆呷了口茶，就动手做他那主要的、最后的穿戴：他先穿上一条几乎全新的裤子；然后又穿上一件带铜扣的胸衣，外面又加了一件绣有非常鲜艳悦目的花朵的坎肩；脖子上系了条真丝的花领带，最后套上了制服，也是崭新的和仔细刷干净了的。他在穿衣服的时候，一般会好几次满怀着爱打量自己的靴子，不时抬起脚来，一会儿抬这只脚，一会儿抬那只脚，欣赏着款式，一个劲儿地在鼻子底下喃喃自语，间或还挤眉弄眼地对自己的想法发出会心的微笑。但是这天早晨戈利亚德金先生非常心不在焉，因此几乎没有发现彼得鲁什卡在帮他穿衣时的嬉皮笑脸和对他做的鬼脸。终于把该料理的事都料理完了。戈利亚德金先生穿戴整齐后，便把自己的钱包放进口袋，最后欣赏了一下彼得鲁什卡的打扮：彼得鲁什卡穿上了皮靴，这么说，他也完全披挂好了，他发现一切已经齐备，再也没有什么可等的了，于是就急匆匆地、忙忙叨叨地，带着一颗微微跳动的心跑下了楼梯。一辆绘有什么徽章的天蓝色出租马车，轰隆作响地驶近了台阶。彼得鲁什卡一边跟马车夫和一些看热闹的人使眼色，一边伺候自己的老爷上了马车；他好不容易忍住傻笑，用不寻常的大嗓门一声断喝："走啰！"喝罢，便纵身跃上马车后面的脚蹬，于是车辚辚，马萧萧，这一切便丁丁冬冬、吱吱嘎嘎地向涅瓦大街疾驰而去。当这辆天蓝色马车刚刚驶出大门，戈利亚德金先生就抽风似的搓了搓手，发出低低的、听不见的笑声，就像一个好脾气的人耍了一个妙不可言的把戏，正在自鸣得意、笑逐颜开似的。但是，笑逐颜开之后，这满脸笑容就立刻被戈利亚德金先生脸上某种奇怪的心事重重的表情所替代。尽管这天潮湿而又阴霾满天，他还是把马车上的两扇窗子放了下来，开始关切地向左右两边张望着过往行人，当他一发现有人看他，就立刻摆出一副正襟危坐和举止庄重的模样。在从铸铁街拐向涅瓦大街的拐角处，他由于一种最不愉快的感觉猛地打了个寒噤，皱起了眉头，就像一个可怜虫被人无意间踩着了鸡眼似的，他急忙地甚至害怕地缩进他的马车里最暗的角落。原来他遇到了自己的两名同僚，他当差的那个部门的两名年轻的官吏。戈利亚德金先生觉得，那两名官吏因为如此这般地遇见自己的同事，也感到十分莫名其妙；甚至其中一位还用手指了指戈利亚德金先生。戈利亚德金先生甚至觉得，另一位还提高嗓门叫了一声他的名字。不用说，这样做在大街上是非常有失体统的。我们这位主人公躲了起来，没有搭理他。"真是些毛孩子！"他开始自言自语，"哼，这有什么稀奇的？人家坐在马车里；人家需要坐马车，于是就租了马车呗。简直是些下三烂！我知道他们——简直是毛孩子，就得拿鞭子抽！一领到薪俸，他们就知道耍钱，猜正反面，或者到什么地方去游逛，这才是他们的拿手好戏。真该说他们两句。不过……"戈利亚德金先生没想完就呆住了。戈利亚德金先生非常熟悉的一对哥萨克马驹，套在一辆非常漂亮的轻便马车上，从右边迅速超过他的马车。坐在轻便马车里的那位先生，无意中看见了戈利亚德金先生的脸——这时戈利亚德金先生颇不谨慎地把自己的脑袋探出车窗——看来，这位先生对这样的不期而遇也十分惊讶，他尽量弯过腰去，非常好奇地、非常有兴趣地开始张望我们的主人公急忙躲进去的马车里的那个角落。坐在轻便马车里的那位先生名叫安德烈·菲利波维奇，是戈利亚德金先生当差的那个部门的科长，而戈利亚德金先生则是他手下的一名副股长。戈利亚德金先生看到，安德烈·菲利波维奇完全认出了他，正睁大了两眼望着他，要躲是无论如何办不到了，他急得涨红了脸，一直红到了耳朵根。"要不要点头打个招呼呢？要不要有所表示呢？要不要承认这就是我呢？"我们的主人公在无法形容的烦恼中想道，"要不就假装这不是我，而是别的什么人，跟我长得非常像，摆出一副没事人的模样？不是我，就不是我嘛，这不就结了！"戈利亚德金先生说，在安德烈·菲利波维奇面前摘下了礼帽，目不转睛地盯着他。"我，我没什么，"他使劲低语道，"我完全没什么，这根本不是我，安德烈·菲利波维奇，这根本不是我，不是我，本来就不是嘛。"然而，这辆轻便马车很快就超过了他的轿式马车，于是科长视线的磁力也随之中断。然而他还是涨红了脸，微笑着，在喃喃自语："我真是个大傻瓜，居然毫无表示，"他终于想道，"应当干脆挺身而出，坦白承认，倒也不失光明磊落：干脆告诉他，如此这般，安德烈·菲利波维奇，我也是应邀去赴宴的，这不就结了！"后来，我们的主人公突然想起他也太丢人了，于是便像着了火似的满脸涨得绯红，皱紧眉头，把他那可怕的挑战目光投向马车前部的某个角落，这目光的任务是用来焚毁他的所有的敌人，使他们一下子灰飞烟灭的。最后，他忽然灵机一动，拽了一下拴在马车夫胳膊肘上的那根细绳子，让他停车，把马车再赶回来，回到铸铁街。原来，戈利亚德金先生大概为了使自己安心，有几句非常要紧的话需要立刻告诉他的医生克列斯季扬·伊万诺维奇。虽然他认识克列斯季扬·伊万诺维奇还是新近的事,也就是上星期由于某种需要去拜访过他一次,但是,要知道,正如俗话所说,大夫就是接受忏悔的神父——有事瞒着他是愚蠢的,而了解病人乃是他的职责所在。"然而,这一切是否对头呢?"我们的主人公在铸铁街一幢五层楼前吩咐停车,在楼前的台阶旁下了马车。他一面下车,一面还在继续琢磨,"这一切是否对头呢?是否适合呢?是否恰当呢?不过,这也没什么大不了。"他一面上楼一面继续想道。他上楼时喘着气,压制着心跳,他有个老习惯,每次爬上别人家的楼梯时就要心跳,"真没什么大不了吗?要知道,我是谈自己的事,这样做毫无可以指责之处……隐瞒才是愚蠢的。我就这样装作无所谓的样子,路过这里,顺道来访……他一定会看到事情还果真是这样。"

戈利亚德金先生这样考虑着,上了二楼,在五号房间前停了下来,门上赫然挂着一块漂亮的铜牌,上书:

医学与外科学博士

克列斯季扬·伊万诺维奇·鲁滕什皮茨

我们的主人公站住后，急忙赋予自己的面貌一种彬彬有礼、无拘无束而又不无和蔼可亲的表情，已经准备好拉门铃的绳子了。正准备去拉门铃的绳子时，他又立刻并且相当凑巧地想到，明天来岂不更好吗？反正现在暂时还没有大的必要。但是戈利亚德金先生突然听到楼梯上响起了什么人的脚步声，于是他便立刻改变了自己的新决定，转而摆出一副毅然决然的神气，拉响了克列斯季扬·伊万诺维奇家的门铃。

第二章

医学与外科学博士克列斯季扬·伊万诺维奇·鲁滕什皮茨，虽然已经上了年纪，但身体却非常健康，生就一双浓密的眉毛，眉毛已微现斑白，颊须亦然。两眼炯炯有神，表情丰富，看来，单凭这副眼神就能把所有的病魔赶走。最后，他还佩戴着一枚很神气的勋章。这天早上，他正坐在自己门诊室的安乐椅上，喝着他那医生太太亲手送来的咖啡，抽着雪茄，不时给他的病人开着处方。最后，给一位患痔疮的老人开了一瓶药水，并把这位老病人送出侧门以后，克列斯季扬·伊万诺维奇坐了下来，等候下一名患者。这时戈利亚德金先生走了进来。

看来，克列斯季扬·伊万诺维奇丝毫没有料到戈利亚德金先生会来，他也不愿意看到他出现在自己面前，因为他忽然发了一下愣，脸上不由得流露出一种奇怪的，甚至可以说是不满的神态。回头说戈利亚德金先生，他几乎一向就有这毛病，每当他为了自己的私事本该死死地抓住某人不放的时候，他偏偏会不合时宜地蔫了，手足无措起来。现在的情形也一样，他还没准备好第一句话说什么，在这种情况下这对于他就成了真正的拦路石。他先是羞惭满面，嘴里嘀咕了一句什么——话又说回来，似乎是一句表示抱歉的话——接着又不知道下一步怎么办了，于是拉过一把椅子，坐了下来。但是他陡地想起这是不请自坐，立刻感到他这样做有点儿失礼，于是就急忙改正他不懂社交界规矩和不懂怎样才是好风度的错误，立刻从他不请自坐的那位置上站了起来，后来他清醒过来后，模糊地觉察到他一下子犯了两个错误，于是便拿定主意立即再犯第三个，也就是说，他尝试着为自己辩护，嘀嘀咕咕地说了一句什么话，微笑，脸红，满脸羞惭，不好意思地闭上了嘴，终于彻底坐了下来，再没有起立，而只是以防万一地用他那最具挑战性的目光望着对方，借以自保——这目光有一种非凡的威力，能将戈利亚德金先生的所有敌人在思想上彻底消灭，将他们化为灰烬。除此以外，这目光还充分表达了戈利亚德金先生的独立性，也就是说，它清楚地说明，戈利亚德金先生完全不算什么，他就是他，同所有的人一样，反正同他毫无关系。克列斯季扬·伊万诺维奇咳嗽了一声，清了清嗓子，看来是借此表示他对这一切的赞许和同意，接着便把他那审视的、疑惑的目光笔直地射向戈利亚德金先生。

"克列斯季扬·伊万诺维奇，"戈利亚德金先生含笑开口道，"我再次前来打搅您，现在又冒昧地再次请您海涵……"戈利亚德金先生显然难以措辞了。

"唔……是啊！"克列斯季扬·伊万诺维奇从嘴里吐出一

缕轻烟,把雪茄放到桌上,说道,"但是您必须遵守医嘱;我可曾经对您说明过,您的治疗应当先改变习惯……嗯,多娱乐;嗯,还有,应当多去拜会一些亲朋好友,同时也不要视饮酒为敌;同样,要开开心心,多与人交际。"

戈利亚德金先生依旧笑容满面地急忙说,他觉得他也跟大家一样,他在自己家里也跟所有的人一样有种种娱乐……当然,他也可以去看看戏,因为他也跟大家一样有钱,他白天上班,晚上在家,他完全没有什么;他说到这里甚至还顺便指出,在他看来,他并不比别人差,他住在家里,住在自己的房间里,再说,他还有彼得鲁什卡。说到这里,戈利亚德金先生说不下去了。

"唔,不,这样的安排不对,我想问您的根本不是这个。一般说,我感兴趣的是,我想知道,您是不是很爱玩,很爱交际,爱快乐地消磨时光……唔,现在您的生活方式是继续落落寡欢呢,还是十分快乐?"

"克列斯季扬·伊万诺维奇,我……"

"唔……我说,"医生打断道,"您需要根本改变您的整个生活,从某种意义上说,还需要改变您的性格。(克列斯季扬·伊万诺维奇着重强调了'改变'这个词,接着又带着一种意味极其深长的神态停顿了片刻。）不要回避快乐的生活；要经常去看看戏，逛逛俱乐部，无论如何不要视饮酒为敌。不宜老坐在家里……老坐在家里是绝对不行的。"

"克列斯季扬·伊万诺维奇，我喜欢清静，"戈利亚德金先生说，把意味深长的目光投向克列斯季扬·伊万诺维奇，他分明在寻词觅句，在寻找最能表达自己思想的话，"房间里只有我和彼得鲁什卡……我想说：他是我的用人，克列斯季扬·伊万诺维奇。我想说，克列斯季扬·伊万诺维奇，我走的是自己的路，特别的路，克列斯季扬·伊万诺维奇。我有自己的一定之规，我觉得我不依赖任何人。克列斯季扬·伊万诺维奇，我也常常出去玩。"

"什么？……是啊！嗯，现如今，出去玩也毫无乐趣可言：气候非常不好。"

"是的，克列斯季扬·伊万诺维奇，我这人虽然老实本分，这，我好像已经有幸向您解释过了，但是我走的路与众不同，克列斯季扬·伊万诺维奇，人生之路是宽广的……我想……克列斯季扬·伊万诺维奇，我说这话是想告诉您……请您原谅，克列斯季扬·伊万诺维奇，我不是一个能说会道的人。"

"唔……您说……"

"我说这话是希望您原谅我,克列斯季扬·伊万诺维奇,因为,我觉得,我不是一个能说会道的人。"戈利亚德金先生用多少感到委屈的声调,有点儿语无伦次、前言不搭后语地说道。"克列斯季扬·伊万诺维奇,我在这方面跟别人不一样,"他带着一种特别的笑容又加了一句,"我不会口若悬河地说话;也没有学过如何使用漂亮的辞藻。然而我会老老实实地做事,克列斯季扬·伊万诺维奇;然而我会老老实实地做事!"

"唔……这……您又是怎样老老实实做事的呢?"克列斯季扬·伊万诺维奇问。紧接着沉默了片刻。医生有点儿异样和不信任地看了戈利亚德金先生一眼。反过来,戈利亚德金先生也相当不信任地斜过眼去看了看医生。

"克列斯季扬·伊万诺维奇,我,"戈利亚德金先生开始依旧用先前那种腔调接着说下去,不过因为克列斯季扬·伊万诺维奇极其固执,他有点儿生气和尴尬,"克列斯季扬·伊万诺维奇,我爱安静,不喜欢社交界闹哄哄的。我说的是,在他们那儿,在场面宏大的社交界,必须学会用靴子蹭地板[①]……(这时戈利亚德金先生用一只脚在地板上稍许蹭了一下)那里要的就是

---

① 指跳舞。

这一套，还要会说俏皮话……会说洒满了香水的恭维话，……那里讲究的就是这一套。可是我偏偏没学过，克列斯季扬·伊万诺维奇，所有这一套花活儿我都没学过；没工夫。我是一个缺心眼的普通人，我身上没有那种花里胡哨的东西。克列斯季扬·伊万诺维奇，在这方面我甘拜下风；就这个意义来说，我甘拜下风。"戈利亚德金先生说这番话的时候，不用说，是带着这样一副表情，这表情分明要人知道，我们这位主人公对在这个意义上甘拜下风以及他还没有学过玩花活儿等等，丝毫也不感到遗憾，甚至完全相反。克列斯季扬·伊万诺维奇一面听他说话，一面望着底下，脸上带着一种非常不快的表情，仿佛他早就预感到什么似的。在戈利亚德金先生发了这一通牢骚后，紧接着是相当长时间的、意味深长的沉默。

"您的话似乎有点儿离谱，"克列斯季扬·伊万诺维奇终于小声说道，"不瞒您说，您的话我一句也听不懂。"

"我不是一个能说会道的人，克列斯季扬·伊万诺维奇；我已经有幸奉告阁下，克列斯季扬·伊万诺维奇，我不是一个能说会道的人。"戈利亚德金先生这一回用生硬而又果断的语调说。

"唔……"

"克列斯季扬·伊万诺维奇！"戈利亚德金先生又用低低的、但是意味深长的声音开始说，有点儿郑重其事的样子，在谈到的每一点上都停顿片刻，"克列斯季扬·伊万诺维奇！我一进来就连声道歉。现在我重申我过去的意思，再次请求您海涵。克列斯季扬·伊万诺维奇，我对您无须隐瞒。您自己也知道我是个小人物；但是我引以为幸的是，我并不因为自己是小人物而感到遗憾。甚至相反，克列斯季扬·伊万诺维奇；说到底，因为我不是大人物，而是小人物，我甚至感到骄傲。我不是个阴谋家——我也对此感到自豪。我做事从不鬼鬼祟祟，而是明来明去，不玩花样，虽然我也会做损人利己的事，而且很会做，晓得该对什么人下手，以及怎样才能做到损人利己，克列斯季扬·伊万诺维奇，但是我不愿玷污自己的美名，因此就这一点来说我一向洁身自好。我说，就这一点来说我一向洁身自好，克列斯季扬·伊万诺维奇！"说到这里，戈利亚德金先生富有表情地闭上了嘴；他说话既从容委婉又慷慨激昂。

"克列斯季扬·伊万诺维奇，"我们的主人公又开始道，"我从来是直来直去，光明正大地走路，从来不会东弯西拐地绕着走，因为我不爱搞歪的邪的，有人爱走就让他们走吧。我并不想极力贬低那些也许比你我更糟糕的人……也就是，我想说，比他们和我，克列斯季扬·伊万诺维奇，我不想说比您。我不爱说半句话；我看不起那些口是心非的小人；我厌恶造谣诽谤。只有去参加假面舞会我才戴假面具，而不是成天戴着假面具在人前走来走去。不过，克列斯季扬·伊万诺维奇，我要向您讨教，您将会怎样向您的敌人，向您的最凶恶的敌人——您认为他是这样的敌人的敌人——进行报复呢？"戈利亚德金先生最后说道，把挑战的目光投向克列斯季扬·伊万诺维奇。

尽管戈利亚德金先生说这些话的时候说得不能再清楚再明白了，而且很有把握，字斟句酌，满心指望得到对方的喝彩，但与此同时，现在，他又不安地，极其不安地看着克列斯季扬·伊万诺维奇。现在他两眼圆睁，带着一种懊丧而又忧郁的不耐烦，胆怯地等待着克列斯季扬·伊万诺维奇的回答。但是，使戈利亚德金先生十分诧异和大为惊讶的是，克列斯季扬·伊万诺维奇只是瓮声瓮气地嘀咕了一句什么；然后又把安乐椅向桌子跟前挪近了点儿，相当冷淡，然后又彬彬有礼地向他说了一句什么，类似于他的时间很宝贵，他对他的话有点儿听不大懂；然而他将竭尽所能为他效劳，只要他办得到，至于其他等等以及与他无关的事，他就爱莫能助啦。这时他拿起笔，拉过纸，裁下了一小片开处方的纸，说他立刻就给开药。

"不，不必啦，克列斯季扬·伊万诺维奇！不，这就完全不必啦！"戈利亚德金先生说，接着从座位上欠起身子，抓住克列斯季扬·伊万诺维奇的右手，"克列斯季扬·伊万诺维奇，现在就完全不必啦……"

与此同时，当戈利亚德金先生在说这番话的时候，他身上发生了一种奇异的变化。他那双灰眼睛有点儿异样地忽闪了一下，他的嘴唇发起抖来，脸上所有的肌肉和整个脸部抽动起来。他浑身哆嗦。在紧接着他的第一个动作和不让克列斯季扬·伊万诺维奇动手开处方之后，现在戈利亚德金先生一动不动地站着，仿佛他都不相信自己似的，在等待下一步行动的灵感。

当时出现了一个相当奇怪的场面。

有点儿困惑不解的克列斯季扬·伊万诺维奇霎时间好像长了根似的长在了自己的安乐椅上，睁大了两眼，不知所措地望着同样不知所措的戈利亚德金先生。最后，克列斯季扬·伊万诺维奇微微抓住戈利亚德金先生制服的翻领，终于站了起来。他俩就这样一动不动地站着，目不转睛地看着对方，站了几秒钟。然后，以一种非常奇特的方式结束了戈利亚德金先生的第二个动作。他的嘴唇开始发抖，他的下巴颏开始抖动，我们这位主人公竟完全出人意料地哭了起来。他哽咽着，不住点头，用右手捶着自己的胸部，而左手也抓住克列斯季扬·伊万诺维奇家常便服的翻领，他想说什么，向他立刻表白什么，但一句话也说不出来。终于，克列斯季扬·伊万诺维奇从自己惊愕的状态中清醒了过来。

"得啦，安静一下吧，请坐！"他终于说道，极力给戈利亚德金先生让座，让他坐在安乐椅上。

"我有敌人，克列斯季扬·伊万诺维奇，我有敌人；我有不少凶恶的敌人，他们发誓要置我于死地……"戈利亚德金先生怕兮兮地悄声回答。

"得啦，得啦；什么敌人不敌人的！不要再提敌人啦！这完全不必要。坐下坐下。"克列斯季扬·伊万诺维奇继续道，好说歹说，总算让戈利亚德金先生坐到了安乐椅上。

戈利亚德金先生终于坐了下来，两眼死死地盯着克列斯季扬·伊万诺维奇。克列斯季扬·伊万诺维奇以非常不满的神态开始从自己门诊室的这个角落踱到那个角落。紧接着是长时间的沉默。

"我对您很感激，克列斯季扬·伊万诺维奇，我对您感激不尽，您现在对我所做的一切，我十分领情。您的一番好意我至死不忘，克列斯季扬·伊万诺维奇。"戈利亚德金先生终于说道，一脸委屈地从座位上站了起来。

"得啦，得啦！我对您说，得啦！"克列斯季扬·伊万诺维奇对戈利亚德金先生的反常举动相当严厉地回答道，再一次请他坐到位置上。"嗯，您有什么事？告诉我，您在衙署里有什么不愉快的事吗？"克列斯季扬·伊万诺维奇继续道，"您刚才说的是什么敌人？您到底怎么啦？"

"不，克列斯季扬·伊万诺维奇，现在咱们还是不谈这个为好，"戈利亚德金先生低下眼睛看着地面，回答道，"最好把这一切先放到一边去，到合适的时候……换个时候，克列斯季扬·伊万诺维奇，到更为合适的时候，到一切真相大白，到某些人脸上的假面具掉下来，到某些事情暴露无遗的时候再说。而现在，暂时，不消说，在你我作过这番交谈之后……您自己也一定会同意，克列斯季扬·伊万诺维奇……先让我祝您早安，克列斯季扬·伊万诺维奇。"戈利亚德金先生说，可是这一回却坚决而又认真地从座位上站了起来，拿起了礼帽。

"啊，好吧……随您便……唔……（接着沉默了一分钟。）在我这方面，您知道，我会尽力的……衷心地祝愿您好。"

"您的一番好意，我懂，克列斯季扬·伊万诺维奇，我懂；现在我完全懂得您的一番好意……打搅您了，克列斯季扬·伊万诺维奇，请您务必见谅。"

"唔……不，我对您说的不是这意思。不过，悉听尊便。至于药，跟以前一样，要接着吃……"

"我一定会遵从您的医嘱继续吃药的，克列斯季扬·伊万诺维奇，我会接着吃的，而且会到同一家药房买……眼下开药房，克列斯季扬·伊万诺维奇，也很了不起嘛……"

"怎么啦？您说这话是什么意思？"

"这意思非常普通，克列斯季扬·伊万诺维奇。我想说如今这世道……"

"唔……"

"现在任何一个毛孩子，不仅是开药房的，在正派人面前都把鼻子翘得老高。"

"唔……您怎么来理解这一点呢？"

"克列斯季扬·伊万诺维奇，我说的是某一个人……咱俩都认识的一个人，克列斯季扬·伊万诺维奇，比如就拿那个弗拉基米尔·谢苗诺维奇说吧……"

"啊！……"

"是的，克列斯季扬·伊万诺维奇；我知道有这么一些人，克列斯季扬·伊万诺维奇，他们不太赞成人云亦云，有时也会说真话。"

"啊！……这是怎么回事？"

"就这么回事；不过这事不相干；他们有时候会请人吃大麻糊鸡蛋①。"

"什么？请人家吃什么？"

"吃大麻糊鸡蛋，克列斯季扬·伊万诺维奇；这是一句俄国谚语。比如说，他们有时候会乘机给别人道喜；有这样的人。克列斯季扬·伊万诺维奇。"

"道喜？"

"是的，道喜，克列斯季扬·伊万诺维奇，不多天以前，我有一个好朋友就这么干了……"

"您的一个好朋友……啊！这到底是怎么回事？"克列斯季扬·伊万诺维奇定睛看了一眼戈利亚德金先生，说道。

"是的，我的一个好友给我的另一位也很熟的朋友——而且可说是挚友——道喜，祝贺他荣升八品官。就这样似乎顺便提到。他说：'弗拉基米尔·谢苗诺维奇，您升了官，我感到由衷的高兴，请接受我的祝贺，我的衷心祝贺。我更高兴的是，

---

① 大麻糊鸡蛋，原意指美味佳肴，此处用作转义，意指出人意料的宴请令人难堪，使人不快。

全世界都知道，现如今走后门找靠山的事已经绝迹了。'"说到这里，戈利亚德金先生狡猾地点点头，眯起眼睛，看了看克列斯季扬·伊万诺维奇……

"唔……他真这么说了……"

"真这么说了，克列斯季扬·伊万诺维奇，真这么说了，不过又立刻瞅了一眼我们那位活宝弗拉基米尔·谢苗诺维奇的舅舅安德烈·菲利波维奇，他当八品官跟我有什么关系呢？这跟我有什么关系呢？说句不中听的话，嘴上还乳臭未干，居然想结婚了。他就是这么说的。他说，我就是这话，弗拉基米尔·谢苗诺维奇！现在要说的话我都说了，请允许我告退。"

"唔……"

"是的，克列斯季扬·伊万诺维奇，请允许我现在告退。可这时，为了用一块石头一下子打死两只麻雀，他刚用走后门找靠山的话挖苦了那小子以后，我就转过身去跟克拉拉·奥尔苏菲耶芙娜攀谈起来（事情就发生在前天，在奥尔苏菲·伊万诺维奇家）——她刚唱完一支多情的浪漫曲——我说：'您的浪漫曲唱得很动人，不过听您唱歌的人的心却不见得纯洁。'我说这话带有明显的暗示，您懂吗，克列斯季扬·伊万诺维奇？我明显地暗示：现在有人追求的不是她，而是醉翁之意……"

"啊!那她怎么说呢?……"

"正如俗话所说,吃了一只柠檬,①克列斯季扬·伊万诺维奇。"

"唔……"

"是的,克列斯季扬·伊万诺维奇。我也对老头子本人说过——我说,奥尔苏菲·伊万诺维奇,我知道我多亏了您,我几乎从小就承蒙您格外恩赐,我对此感恩不尽。但是您要睁开眼睛,奥尔苏菲·伊万诺维奇,我说。您要看仔细了。我做事从来有一说一,明来明去,奥尔苏菲·伊万诺维奇。"

"啊,原来是这样!"

"是的,克列斯季扬·伊万诺维奇。本来就是嘛……"

"那他怎么说呢?"

"他又能怎么说呢,克列斯季扬·伊万诺维奇!支支吾吾;这个那个地说了一通,对你我是了解的,司长大人是个好行善事的人——啰啰嗦嗦,越抹越黑……那怎么办呢?常言道,人老啦,不中用啦。"

---

① 指感到酸溜溜的。

"啊!现在他竟变成这样了!"

"是的,克列斯季扬·伊万诺维奇。我们都这样。有什么办法呢?老了嘛!常言道,行将就木,奄奄一息,可是有人随便编了些老娘儿们的闲言碎语,他倒都听进去了;离开他还不行……"

"您说,闲言碎语?"

"是啊,克列斯季扬·伊万诺维奇,他们编造了许多闲言碎语。我们那头狗熊以及他那外甥,我们那个活宝,也在这里插了一手;他们跟一些老太太勾搭在一起,不用说,炮制了这事。您猜怎么着?他们为了杀人想出什么鬼点子了?……"

"他们要杀人?"

"是的,克列斯季扬·伊万诺维奇,他们要杀人,在精神上杀人。他们大放厥词……我讲的都是我的那位好友……"

克列斯季扬·伊万诺维奇点点头。

"他们大放厥词,造他的谣……不瞒您说,我都不好意思说出口了,克列斯季扬·伊万诺维奇……"

"唔……"

"他们大肆造谣,说他已经签了字,就要结婚了,说他已经是人家的姑爷了……您猜怎么着,克列斯季扬·伊万诺维奇,他要同谁结婚？"

"真的？"

"跟一个开饭馆的老板娘，跟一个不成体统的德国娘儿们，他在她那儿包饭；付不起账就向她求婚。"

"这是他们说的？"

"您信不信，克列斯季扬·伊万诺维奇？一个德国娘儿们，一个下贱、卑劣、无耻的德国娘儿们，如果您想知道的话，她就是卡罗琳娜·伊万诺芙娜……"

"不瞒您说，我也……"

"我明白您要说什么，克列斯季扬·伊万诺维奇，我明白，我也感觉到这个了……"

"请问您现在住哪里？"

"我现在住哪里，克列斯季扬·伊万诺维奇？"

"是的……我想……好像，您从前住……"

"住过，克列斯季扬·伊万诺维奇，住过，从前也住过。怎么能不住呢！"戈利亚德金先生回答，边说边嘿嘿笑着，他这回答倒使克列斯季扬·伊万诺维奇有点儿发窘。

"不，您没听懂我的话；我的意思是想……"

"我也想，克列斯季扬·伊万诺维奇，我也想。"戈利亚德金先生笑着继续道,"话又说回来,克列斯季扬·伊万诺维奇,我在您这儿坐得太久了。我希望您能允许我现在……祝您早安……"

"唔……"

"是的,克列斯季扬·伊万诺维奇,我明白您的意思;我现在完全明白您的意思。"我们的主人公在克列斯季扬·伊万诺维奇面前有点儿卖弄地说道,"那么,请允许我祝您早安……"

这时我们的主人公把脚跟一碰①,走出了房间,把克列斯季扬·伊万诺维奇留在极端的惊愕之中。他从医生家的楼梯上下来时微笑着,快乐地搓着手,在楼前的台阶上吸了一口新鲜空气,感到心情轻松,他甚至真的准备认为自己是天底下最幸福的人了,然后再准备直接去司里上班——可这时突然在大门口响起了他的马车声;他定睛一看才想起了一切。彼得鲁什卡已经打开车门。一种异样的和极其不快的感觉蓦地攫住了戈利亚德金先生全身。片刻间,他感到一阵脸红。什么东西猛地刺了他一下。他已经伸出一只脚,踏上了马车的踏脚,又突然回过头去,看了看克列斯季扬·伊万诺维奇家的窗户。果然不出

---

① 指行礼时脚跟相碰。

所料！克列斯季扬·伊万诺维奇站在窗口，右手抚摩着自己的络腮胡子，正在十分好奇地望着我们的主人公。

"这医生真笨，"戈利亚德金先生钻进马车时想道，"笨极了。他给自己的病人看病也许看得很好，不过毕竟……很笨，像段木头。"戈利亚德金先生坐好后，彼得鲁什卡一声吆喝："走啰！"——马车又向涅瓦大街疾驰而去。

第三章

这天整个上午戈利亚德金先生都是在十分忙碌中度过的。来到涅瓦大街后，我们的主人公吩咐在劝业场旁边停车。跳下马车后，他便在彼得鲁什卡的陪同下跑进拱廊，直奔一家出售金银制品的铺子。单从戈利亚德金先生的神气就看得出来，他这天十分繁忙，要做的事情一大堆。戈利亚德金先生先讲好一整套餐具和茶具的价钱，共计一千五百卢布纸币挂零儿，经过讨价还价，在应付的价钱中又饶了一只制作精巧的雪茄烟盒和一整套刮胡子的银制器具，最后他又打听了几样在某方面又实用又可爱的小东西的价钱，最后他答应所购各物明天一定来拿，甚至今天就可能派人来，还要了这家铺子的门牌号，这家铺子的老板要他先付一点儿定金，他仔细听了老板的话后，答应定金到时候会给的。说完这话后，他就与被他弄得稀里糊涂的老板告了别，沿着一家家铺面走去，后面跟着一大群伙计。他不时回头看看彼得鲁什卡，并且仔细地寻觅着某家新铺子。他顺路跑进一家兑换钱币的小铺，把自己的所有大额钞票换成了小票，虽然在兑换时吃了点儿亏，但毕竟都换了，因此他的钱包就大大地鼓了起来，看来，这给他带来了极大的愉快。最后，他在一家出售各种女式衣料的商店里停了下来。戈利亚德金先生又买了一大笔钱的货，他在这里又答应店老板一定来取，又要了这家铺子的门牌号，人家向他要定金，他又说定金到时候会给的。然后他又光顾了几家铺子；在所有的铺子里都买东西，对各种各样的东西都打听价钱，有时候与店老板争吵个不休，一次又一次地走出店铺，又三番两次地走回来——一句话，他精力充沛，乐此不疲。我们的主人公从劝业场出来后又向一家知名的家具店走去，在那里他又买了六房家具，看了一张时新的、加工非常精致的新潮梳妆台，又对店老板说一定会派人来取的，然后走出了店门，照例答应到时候一定给定金，然后又坐车去了其他一些地方，又买了一些东西。一句话，看来他忙碌得没完没了。这一切似乎使戈利亚德金先生本人觉得腻烦透了。甚至天知道因为什么，他突然没来由地开始受到良心的谴责，开始感到痛苦。比如，他现在就无论如何不同意遇到安德烈·菲利波维奇，或者哪怕是遇到克列斯季扬·伊万诺维奇。终于城里的大钟敲了午后三点。直到戈利亚德金先生义无反顾地坐上马车，这天上午在他买的所有东西中，实际上他也就花了一个半卢布纸币买了一副手套和一瓶香水。对戈利亚德金先生来说当时还嫌太早，于是他吩咐马车夫在涅瓦大街上一家知名的饭馆（对这家饭馆他至今还只是耳闻）前停了下来，他下了马车，跑了进去，想随便吃点儿什么，休息休息，等待某一时刻的到来。

戈利亚德金先生只是随便吃了点儿，就像一个人即将应邀去赴一个盛大的宴会，临行前只是随便吃点儿什么，正如常言所说，点补点补而已，他还喝了一小杯伏特加，然后坐到安乐椅上，谦逊地环视了一下四周，气定神闲地打开一张内容贫乏的本国小报①，看了起来。他读了两三行后又站起来，照了照镜子，整了整衣服和头发，捋了捋胡子；然后走到窗口，看看他的马车还是不是在那里……然后又坐到座位上，拿起了报纸。看得出来，我们的主人公非常激动。他看了一眼怀表，看到现在还只有三点一刻，因此还要等很长时间，然而又想这样干坐着不很得体，因此戈利亚德金先生就给自己要了一杯可可茶，然而现在来喝这东西他并不感到很大的乐趣。喝完了可可茶，他发现时间已经稍许过去了一点儿，因此他就出去结了账。这时突然有人拍了一下他的肩膀。

他回过头去，看见两位同僚站在他面前，也就是今天上午他在铸铁街遇到的那两位——这俩小子无论是年龄还是官衔都还太年轻。我们的主人公跟他俩的关系既不冷也不热，既

---

① 指1825—1864年俄国彼得堡出版的政治和文学性报纸《北方蜜蜂》。

谈不上交情，也谈不上公开敌对。不用说，双方都保持着礼尚往来；不过彼此也没有进一步接近，也不可能有。对于在当前这时候邂逅，戈利亚德金先生觉得极不愉快。他稍许皱了皱眉，竟一时慌了手脚。

"雅科夫·彼得罗维奇，雅科夫·彼得罗维奇！"这两位登录员叽叽喳喳地叫道，"您在这里？有什么……"

"啊！是你们两位呀！"戈利亚德金先生急忙打断道，他觉得官吏们在街头大惊小怪，再加上彼此寒暄得太亲热，有点儿不好意思和令人难堪，但是他又情不自禁地摆出一副无拘无束和英俊潇洒的模样，"开小差出来溜达了，两位，嘿嘿嘿！……"这时甚至为了不降低自己的身份，以免等而下之地与办公厅里的小年轻同流合污（跟他们总归存在着职务上的差别嘛），他本来想拍拍一个年轻人的肩膀；但是这样接近群众的做法，在现在这种场合，戈利亚德金先生却未能得心应手地实现，代替这种既洒脱又亲热的举动，却出现了完全不同的做法。

"嗯，怎么样，我们那位大狗熊还在那里坐着吗？……"

"您说谁呀，雅科夫·彼得罗维奇？"

"哎呀，大狗熊嘛，好像你们不知道谁叫大狗熊似的？……"

戈利亚德金先生笑道，接着转过身去接过伙计拿来的找头，"我是说安德烈·菲利波维奇呀，两位。"他跟伙计结完账，这回又以极其严肃的表情对那两位官吏道。那两位登录员彼此心照不宣地挤了挤眼睛。

"还坐着哩，还打听您来着，雅科夫·彼得罗维奇。"他们中有一人答道。

"还坐着，啊！那就让他坐着吧，两位。还打听我来着，啊？"

"打听您来着，雅科夫·彼得罗维奇；您这是怎么啦，洒了香水，油头粉面，打扮得这么漂亮？……"

"没什么，两位，这没什么！够啦……"我们的主人公望着一边，勉强地微微一笑，答道。这两位官吏看见戈利亚德金先生笑了，也哈哈大笑起来。戈利亚德金先生绷起了脸，有点儿生闷气。

"两位，我想给你俩说句体己话，"我们的主人公沉默少顷后说道，仿佛拿定了主意（也确实如此）有什么事要向这两位小官吏公开似的，"两位，你俩都知道我的为人，但迄今为止只知道我的一方面。这怪不了任何人，应该承认，只能怪我自己。"

戈利亚德金先生紧闭嘴唇，别有深意地望了一眼那两位小官吏，他俩又彼此丢了个眼色。

"迄今为止，两位，你们还不知道我的为人。要在此时此地向你们二位说清楚，既不是时候，也不是地方，不太合适。我只向二位顺便地捎带地说上两句。两位，有些人就不喜欢搞歪的邪的，只为了参加假面舞会才戴上假面具。有些人并不认为善于用靴子灵巧地蹭地板就是人的直接使命。还有这么一些人，两位，比如说，他们穿了一条合身的裤子，但他们绝不会说他们因此就很幸福、生活就很惬意了。最后，还有些人不喜欢无聊地上蹿下跳，人前马后地转来转去，献媚讨好，拍马逢迎，而主要是，两位，不喜欢死乞白赖地瞎管人家根本没让他管的闲事……两位，我已经把要说的话几乎全说了；现在请允许我告退……"

戈利亚德金先生停住了脚步。因为这两位登录员现在已经得到了充分的满足，两人突然非常不礼貌地放声大笑起来。戈利亚德金先生满脸涨得通红。

"笑吧，两位，你们眼下尽管笑吧！总有一天你们会看到的。"他说道，他的自尊心受到了伤害，于是拿起帽子，向门口退去。

"但是，两位，我还要多说两句，"他补充道，最后一次向两位登录员先生说,"我还要多说两句——你们两位跟我单独在这里。两位,我有一条不移之规:胜不骄,败不馁,无论如何不挖别人墙脚。我不是阴谋家——并以此自豪。我不适合做外交家。两位,有人还说,飞禽会自动飞到猎人手里。不错,我同意这说法:但是这里谁是猎人,谁是飞禽呢?这还是个问题,两位!"

戈利亚德金先生无声胜有声地闭上了嘴,摆出一副别有所指的神态,即高高地扬起眉毛,紧紧地闭拢嘴唇,向两位小官吏先生鞠躬告辞,然后扬长而去,让他俩呆在那里惊骇莫名。

"吩咐上哪里?"彼得鲁什卡板着脸问,大概他在寒风中溜达了半天,早就不耐烦了,"吩咐上哪里?"他问戈利亚德金先生,可遇到他那可怕的、无坚不摧的目光——这天上午我们的主人公已经两次用这种目光保护过自己,现在下楼是第三次采取这一手段。

"上伊兹梅洛夫桥。"

"上伊兹梅洛夫桥!走啰!"

"他们那里开席最早也得四点多,甚至到五点也说不定,"戈利亚德金先生想,"现在是不是早了点儿呢?不过,早点儿去也不要紧；再说这是家宴。我这样去可以随便点儿①，正如正派人常说的那样。为什么我就不能随便点儿呢？我们那个大狗熊也说过，一切都很随便，因此我也可以随便点儿嘛……"戈利亚德金先生这样想道；可当时他心头的激动却越来越厉害。看得出来，他正准备去做一件十分棘手的事，为了不至于多说了什么不该说的话，他低声地喃喃自语，用右手比画着，而且不断向车窗外张望，因此，如果看到戈利亚德金先生现在这模样，真没有人会相信他正准备去美餐一顿，不拘礼节，而且还是在形同自家人的圈子里——正如正派人常说的那样，很随便。终于到了伊兹梅洛夫桥头，戈利亚德金先生指了指一幢楼房；马车轰隆作响地驶进了大门，在正面右侧的门洞旁停了下来。戈利亚德金先生发现二楼窗口有个女人的身影，就伸手给她送了个飞吻。然而，他自己也不知道他在做什么，因为这当口他简直是不死不活。他从马车上下来时脸色苍白，惘然若失，不知所措；他跑上台阶，摘下了礼帽，机械地整了整衣服，不过感到膝盖处在微微发抖，接着就登上了楼梯。

"奥尔苏菲·伊万诺维奇在家吗？"他向替他开门的下人

---

① 在原著中是用俄文拼写的法文词"sans façon"。

问道。

"在家，哦，不，老爷不在家。"

"怎么？你怎么啦，亲爱的？我——我是来赴宴的，伙计。你不是认识我吗？"

"怎么不认识呢您哪！上头不让接待您哪。"

"你……你，伙计……你大概搞错了吧，伙计。这是我呀。伙计，我是被邀请的；我是来赴宴的。"戈利亚德金先生说，脱下大衣，显然表示他要进屋了。

"对不起，您这可不成。上头不让接待您哪。上头吩咐婉言谢绝。就这样！"

戈利亚德金先生的脸色一阵苍白。就在这时候里屋的门开了，奥尔苏菲·伊万诺维奇的老跟班格拉西梅奇走了进来。

"叶梅利扬·格拉西梅奇，这位老爷想进去，可我……"

"您是混蛋，阿列克谢伊奇。快进屋去，叫那个混账东西谢苗内奇到这里来。不成啊。"他有礼貌地说道，但是对戈利亚德金先生的态度很坚决，"无论如何不行。老爷请您原谅；老爷，不能接待您。"

"老爷真这么说了，说他不能接待我？"戈利亚德金先生犹犹疑疑地问道，"请您原谅，格拉西梅奇。为什么无论如何不行呢？"

"无论如何不行。我禀报过；老爷说，请您原谅。他不能接待您。"

"为什么呢？这到底是怎么回事呢？怎么……"

"对不起，实在对不起！……"

"真是的，这到底是怎么回事呢？这可不成！您去通报一下……这是怎么搞的嘛？我是来赴宴的……"

"对不起，实在对不起！"

"啊，不过话又说回来，既然老爷请我原谅，那另当别论啦；不过我倒想请问，格拉西梅奇，这是怎么搞的嘛，格拉西梅奇？"

"对不起，实在对不起！"格拉西梅奇婉言拒绝道，一面伸出手非常坚决地把戈利亚德金先生推到一边，给在这当口走进门厅的两位先生让开一条很宽的道。进来的两位先生是：安德烈·菲利波维奇和他的外甥弗拉基米尔·谢苗诺维奇。他俩都困惑不解地望了望戈利亚德金先生。安德烈·菲利波维奇本来想开口说什么，但是戈利亚德金先生已经打定了主意；他已经走出了奥尔苏菲·伊万诺维奇家的门厅，低着眼睛，红着脸，微笑着，带着惘然若失的面容。

"我以后再来，格拉西梅奇；我会说清楚的；我希望这一切会毫不迟延地得到及时说明。"他在房门口说道，一只脚已经跨下了楼梯。

"雅科夫·彼得罗维奇，雅科夫·彼得罗维奇！"传来紧跟在戈利亚德金先生后面的安德烈·菲利波维奇的声音。

戈利亚德金先生当时已经走到楼梯第一个转弯处的平台上。他向安德烈·菲利波维奇迅速转过头来。

"有何见教，安德烈·菲利波维奇？"他用相当坚决的声调问道。

"您倒是怎么啦，雅科夫·彼得罗维奇？怎么搞的嘛？……"

"没什么，安德烈·菲利波维奇。我是主动来的。这是我的私生活，安德烈·菲利波维奇。"

"您说什么？"

"我说这是我的私生活，安德烈·菲利波维奇，至于公务方面，我看，是找不到可以指责的地方的。"

"怎么！公务方面……先生，您倒是怎么啦？"

"没什么，安德烈·菲利波维奇，完全没什么；一个无礼而又放肆的黄毛丫头，别无其他……"

"什么！……什么？！"安德烈·菲利波维奇惊讶得不知说什么好了。戈利亚德金先生一直在楼梯上由下而上地跟安德烈·菲利波维奇说话,那样子就像要纵身跳到他的眼睛里去似的——他看见科长的神态有点儿慌乱,便情不自禁地向前跨了一步。安德烈·菲利波维奇向后倒退。戈利亚德金先生跨上一级楼梯,又跨上一级。安德烈·菲利波维奇不安地看了看四周。戈利亚德金先生突然迅速地登上楼梯。可是安德烈·菲利波维奇却更快地逃进了房间,随身关上了门。剩下了戈利亚德金先生一个人。他眼睛里一阵发黑。他完全给弄糊涂了,现在站在那里,糊里糊涂地思索着,似乎在回想不久前发生的也是一种极其糊涂的事。"唉,唉!"他低声道,佯笑着。就在这时,从楼梯下面传来了说话声和脚步声,大概又是奥尔苏菲·伊万诺维奇邀请来的客人。戈利亚德金先生多少清醒了些,急忙高高地竖起自己的浣熊皮衣领,尽可能挡住脸——开始一瘸一拐,迈着碎步,急急忙忙、跌跌绊绊地下了楼。他感到自己有点儿虚脱和浑身发麻。他非常慌乱,以致走到台阶上,也不等马车驶来,就自动地、笔直地穿过肮脏的院子,来到自己的马车旁。戈利亚德金先生走到自己的马车旁准备上车时,心里真巴不得找个地缝钻进去,或者找个耗子洞,同马车一起躲进去。他觉得,奥尔苏菲·伊万诺维奇家的一切,应有尽有,这时正从所有的窗子里看着他,他知道,只要他回头一看,非当场气死不可。

"你笑什么,蠢货?"他对彼得鲁什卡急促地说,彼得鲁什卡正准备扶他上车。

"我笑什么？我没笑呀；现在去哪里？"

"回家，走……"

"回家！"彼得鲁什卡纵身跳到脚蹬上，一声吆喝。

"真是个老鸦嗓子！"戈利亚德金先生想。这时马车已经驶过伊兹梅洛夫桥跑得很远了。忽然，我们的主人公使劲儿拽了一下绳子，叫马车夫立刻回头。车夫掉转马头，两分钟后又驶进了奥尔苏菲·伊万诺维奇家的院子。"不必了，混蛋，不必了；回头！"戈利亚德金先生叫道——马车夫好像正等着这声命令似的：不置一词，也没在台阶旁停车，在院子里绕了个大圈，又走了出去，上了大街。

戈利亚德金先生并没有回家，而是在驶过谢苗诺夫桥之后，吩咐拐进一条小胡同，在一家外表相当寒碜的饭馆旁停了下来。我们的主人公下了车，与马车夫算了账，就这样彻底辞退了自己的马车，然后又命令彼得鲁什卡回家去，等他回来，他自己则走进那家小饭馆，要了一个单间，吩咐给他送吃的来，他要吃饭。他的自我感觉非常坏，他感到自己脑袋里乱糟糟的。他心神不宁地在房间里走来走去，走了很久；终于坐到椅子上，用两只手支住自己的脑袋，开始苦思冥想，极力思考和解决由自己的目前处境引起的某些问题……

第四章

五品文官贝伦捷耶夫,过去曾是戈利亚德金先生的恩人,他有个独生女儿名叫克拉拉·奥尔苏菲耶芙娜——她的生日那天准备大宴宾客,以志庆祝,这样风光而又豪华的宴会,在伊兹梅洛夫桥附近官邸大院的四堵墙里,已经很久没有看见了——这样的盛筵,不是一般的宴会,更像伯沙撒王的盛筵①。宴会上有克利欧牌的香槟酒②,有叶利谢耶夫③和米柳京④铺子里的牡蛎和干鲜果品,有各种脑满肠肥的贵体和官秩表中的官员,就风光、豪华和气派来说,颇有当年迦勒底王国⑤的遗风——以这样的盛筵来庆祝这样盛大的节日,最后还要举行豪华的舞会,家庭的、小型的、只有亲友参加的舞会,但就审美趣味、文明程度和气派而言,毕竟十分豪华与风光。当然,我完全同意,这样的舞会也常有,但毕竟少见。这样的舞会不是一般的舞会,而更像家庭喜庆,只有在这样的人家,例如五品文官贝伦捷耶夫的官邸,才办得出这样的舞会。我要说句过头的话:我甚至怀疑,并不见得所有的五品文官都办得出这样的舞会。噢,假

---

① 据圣经传说(《旧约·但以理书》第五章),迦勒底王伯沙撒设盛筵,与他的一千大臣纵酒豪饮。此处"伯沙撒王的盛筵"意为豪华的酒筵。
② 克利欧牌的香槟酒,法国克利欧商贸公司出品的香槟酒。
③ 叶利谢耶夫,当时彼得堡最大的食品店老板。
④ 米柳京,当时彼得堡最大的水果店老板。
⑤ 迦勒底王国,后来被新巴比伦王国取代。

如我是个诗人就好啦！——自然，起码要是荷马或者普希金；才疏学浅之辈来滥竽充数是不成的——噢，读者们！我一定要用浓墨重彩的大手笔来为诸君描写一番这整个十分重大的节日。不，我要用宴会来开始我的这部史诗，我要着力渲染叹为观止而又庄严的一刻，即大家举杯首先祝贺生日女皇的那一刻，首先，我要为诸君描写一下那些沉浸于恭恭敬敬的沉默与期待中的客人，这沉默其实更像狄摩西尼①的雄辩。然后，我再给诸位描写一下安德烈·菲利波维奇。他是客人中的佼佼者，甚至具有某种优先权，他满头白发，还佩戴着与白发相称的几枚勋章，他从座位上站起来，举起祝贺的酒杯，高举过顶，酒杯里是流光溢彩、冒着气泡的香槟酒——这酒是特地从一个遥远的王国②运来的，以便用它来祝贺这类时刻——这酒不是一般的酒，而更像神仙喝的琼浆玉液。我还要给诸位描写一下各位嘉宾和生日女皇的幸福的父母，他们也紧随安德烈·菲利波维奇之后，并用充满了期望的目光③注视着他，举起自己的酒杯。我还要为诸位描写一下我们一再提起的这位安德烈·菲利波维

---

① 狄摩西尼（前383—前322），希腊雄辩家。
② 遥远的王国，指法国，法国以盛产葡萄酒和香槟酒闻名于世。
③ 讽刺地引自《死魂灵》第一卷第十一章，原文是："为什么你那里的一切都望着我，眼睛充满了期望？"

奇，他先把一滴眼泪滴进酒杯，然后致了贺词和祝愿，提议干杯，并为生日女皇的健康一饮而尽……但是，我承认，我完全承认，我实在描写不尽那一刻的隆重和庄严——当时，生日女皇克拉拉·奥尔苏菲耶芙娜像春天的玫瑰花一样，脸上绽放着幸福与娇羞的红晕，由于不胜感动，倒在慈母的怀里，慈母眼泪汪汪，这时父亲也痛哭流涕，这父亲就是年高德劭的老人和五品文官奥尔苏菲·伊万诺维奇·贝伦捷耶夫，他在长期供职中两腿丧失了使用功能，但是命运却因为他尽忠职守而赏赐给他资产、房屋、村庄和一位如花似玉的千金——他像个孩子似的大哭起来，还噙着眼泪宣称司长大人是个乐于助人的大善人。我描写不出，是的，我还真描写不出紧接着这一刻之后出现的大家心醉神迷的场面——这种心醉神迷甚至由一位年轻的登录员的行为表现了出来（这年轻人在这一刻倒更像五品文官本人，而不像个普普通通的登录员），他听着安德烈·菲利波维奇的话，也不觉潜然泪下。回过头来说安德烈·菲利波维奇在这一庄严隆重的时刻，也根本不像一名六品文官和某司的科长——不，他似乎像什么别的……究竟像什么，我也不知道，但绝不是六品文官。他的地位显得更高！最后……噢！为什么我就没有掌握崇高、有力、庄严的文体的写作秘密，用来描写人生所有这些美好的、富有教益的时刻呢？而这些美好的时刻就仿佛特意安排来证明美德有时是能够战胜居心叵测、自由思想、骄奢淫逸以及妒贤嫉能的！我无须多说，只需默默地（这比任何能言善辩都强）向你们指出那个贵庚已届第二十六个春秋的幸福青年，安德烈·菲利波维奇的那个外甥弗拉基米尔·谢苗诺维奇，这时他也站起来，他也提议干杯，于是生日女皇两位高堂的眼泪汪汪的眼睛，安德烈·菲利波维奇的骄傲的眼睛，生日女皇的娇羞的眼睛，宾客的喜出望外的眼睛，以及这位前途无量的青年的几位年轻同僚的艳羡但又彬彬有礼的眼睛，都一齐注视着他。我不想再说什么了，虽然我不能不指出，这年轻人身上的一切（他不像是年轻人，倒像是一位德高望重的老者，如果说句巴结他的话）——从血气方刚的面颊到他身居八品文官的头衔，这一切在这庄严隆重的时刻无不说明，一个人的美好品德能使这人达到何等高雅的程度！我就不来描写安东·安东诺维奇·谢托奇金了，他是某司的股长，安德烈·菲利波维奇的同僚，过去也曾与奥尔苏菲·伊万诺维奇共过事，而且又是这家的通家之好，克拉拉·奥尔苏菲耶芙娜的教父，最后，这位鹤发童颜的老者也举杯祝酒，他像公鸡一样叫了一声，然后念了几句快乐的自由诗；他体面地暂时忘却了体面（如果可以这样说的话），把所有的人都逗笑了，甚至笑出了眼泪，克拉拉·奥尔苏菲耶芙娜奉两位高堂之命为这样的皆大欢喜和他的隆情厚意亲吻了他一下——这些我都按下不表，我只说说，众嘉宾在这样的盛筵款待之后，自然，终于感到他们彼此亲如兄弟，于是便纷纷离席，站了起来；接着，一些老人和稳重端庄的人花了不多一点儿时间用来作友好的交谈，甚至也说了几句非常体面和极其愉快的体己话，然后就稳健有礼地走进另一个房间，不浪费宝贵光阴地分成几局，带着一种富有自我尊严的表情在蒙上绿呢的牌桌旁坐下；女士们则在客厅里一一落座，大家忽然变得非常客气，开始谈论各种各样的衣料；最后，那位德高望重的一家之长，也就是矢忠皇上、因勤劳从公而丧失了两腿的使用功能，然而又蒙上帝恩赏拥有了我们在上面提到的一切的这家的主人，拄着拐杖，由弗拉基米尔·谢苗诺维奇和克拉拉·奥尔苏菲耶芙娜搀扶着，在众嘉宾之间走来走去，他也突然变得非常客气，决定不惜花费，临时安排一个小小的朴实无华的舞会；为了这一目的，还临时差遣一位办事干练的年轻人（也就是不像一般青年，作风气派更像五品文官的那位青年）去请乐队；后来，乐队来了，由十一人组成，最后，终于在八点半钟响起了法国卡德里尔舞和其他各种舞曲的诱人的声音……不用说，要恰如其分地描写这位白发苍苍的主人非常客气地临时安排的这个舞会，我的这支秃笔就嫌太弱、太软、太钝了。这怎么成呢，我倒要请问，由我这么一名才疏学浅的作家来叙述戈利亚德金先生就某一点来说非常有趣的奇遇，我又怎能描写得出这集优美、风光、体面、愉快于一身，既亲切又庄重，既庄重又亲切，既欢腾又快乐的非凡和谐的场面呢？我怎能描写得出所有这些官场的太太小姐的所有这些戏谑的欢声笑语呢？说句巴结她们的话，她们更像仙女，而不像一般的太太小姐——她们有百合般娇嫩的肩膀和玫瑰花般艳丽的面容，她们有轻盈的体态，她们有一双顽皮活泼、娇小玲珑的纤足（如果用高雅的文体说的话）。最后，我又怎能向你们描写得出这些英俊潇洒、来自官场的男舞伴呢？——这些男舞伴快乐而又庄重，既有年轻人也有年纪不小的，他们既有快活的也有闷闷不乐但又彬彬有礼的，既有在跳舞间歇跑到遥远的绿色小房间里抽烟斗的，也有在舞间休息时不抽烟斗的——这些男舞伴（从第一个人到最后一个人）都有体面的官衔和显赫的门第——这些男舞伴都富有高雅的审美感和自尊感——这些男舞伴在和女士交谈时大半用法国话，即使说俄国话，也都是用最高雅的用语，说的是恭维话和高深的句子——这些男舞伴除非在吸烟室才允许自己无伤大雅地稍许离开高雅的语言，说几句在要好而又亲近的人的圈子里说的话，比如："彼季卡，如此这般，你跳的波尔卡舞还真好，真灵巧。"或者："瓦夏，如此这般，你搂着你那位女士也太随便了嘛。"噢，读者诸君，这一切我已经在上面有幸向诸位解释过了，我这支秃笔实在不足当此重任，因此只能略而不谈。咱们还是来谈谈咱们这个非常真实的故事的独一无二的主人公戈利亚德金先生吧。

问题在于他现在正处在一种非常奇妙（只恐有过之而无不及）的境地。诸位，他也在这里，不过不是在舞会上，但也差不多算在舞会上；他倒没什么，诸位；他虽然不请自来，但是这一刻他走的不完全是正道；他现在站在（甚至说来也怪），他现在站在玄关，站在奥尔苏菲·伊万诺维奇官邸的后楼梯上。但是，他站在这里倒也没什么；他能凑合。诸位，他站在一个角落里，他躲的这地方虽然不能说比较暖和，但却比较阴暗，半藏半露地躲在一只大衣柜和几扇旧屏风之间，周围全是各种各样的垃圾、破烂和旧衣物，他在这里暂且藏身，暂时以旁观者的身份观察着整个事情的进程。诸位，他现在仅仅在观察；诸位，其实他现在要进去也是可以的……为什么不能进去呢？一抬腿就进去了嘛，而且进去得十分干脆利落。不过现在——

他已经在寒冷中，在大衣柜和旧屏风之间，在各种各样的垃圾、破烂和旧衣物之间，站了两个多小时了——他为了自我解嘲背诵了一句已故法国部长维雷尔①的名言："见机行事，定会成功。"然而，这句名言，戈利亚德金先生过去是从一本完全不相干的闲书上读来的，但是现在却十分凑巧地想了起来。这句话，首先很适合他当前的处境，其次，一个人在玄关，在黑暗和寒冷中足足等了几乎三小时，在等候自己的状况有个圆满的收场，什么话什么事情不会想到呢？戈利亚德金先生引用了法国前部长维雷尔那句名言（已如前述）之后，也不知道为什么，又突然想起了土耳其前大臣马尔齐米里斯，与此同时，又想起了美丽的侯爵夫人露易丝，关于他俩的故事，他也是过去在一本闲书②里看到的。后来他忽然想起，耶稣会士③甚至认为，只要能够达到目的，就可以不择手段，并将此奉为圭臬。戈利亚

---

① 维雷尔（1773—1854），伯爵，法国反动的政治活动家，保皇派。1821—1827年曾领导路易十八和卡尔十世的内阁，七月革命后退出政界。戈利亚德金引用的那句话曾是维雷尔的政治座右铭。

② 闲书，指当时粗俗的流行小说《英国乔治阁下与勃兰登堡侯爵夫人弗列德里卡·露易丝历险记，附土耳其前大臣马尔齐米里斯与撒丁王后德莱齐的故事》（科马罗夫著，1782）。

③ 耶稣会是罗马天主教修会之一，它反对宗教改革，绝对忠于教皇，无条件地执行教皇的一切命令，并依附各国封建势力。在西方，"耶稣会士"常被用作"伪善者""阴险者"的同义词。

德金先生用这类历史掌故使自己稍稍安心之后，便自己对自己说，耶稣会士又怎么啦？耶稣会士无一例外都是些大笨蛋，他本人比他们所有的人都高明，瞧，只要那个餐具间（即房门正对玄关，正对后楼梯，正对现在戈利亚德金先生躲藏的地方的那个房间）有一分钟没有人，那他就不管什么耶稣会士不耶稣会士了，抬腿就直接往里闯，先从餐具间到茶室，然后再到现在正在打牌的房间，最后就直接闯进现在正在跳波尔卡舞的大厅。而且说闯就闯，一定要闯，非闯不可。一溜烟地钻进去——不就结了，而且谁也不会发现；到那时候他自己就知道他该怎么办了。诸位，现在我们发现，我们这位完全真实的故事的主人公就处在这样的状况下，不过话又说回来，我们很难说清楚他眼下到底怎么啦。问题在于，他要跑到玄关，他要跑到楼梯跟前，那是办得到的，道理很简单，既然别人能进去，为什么我就不能进去呢；但是再要往前闯，他就不敢了，要堂而皇之地这么做，他就不敢了……倒不是因为有什么事他不敢做，而是很简单，因为他自己不愿意，因为他情愿悄悄地待着。诸位，他现在就在悄悄地等候时机，而且已经等了足足两个半小时了。干吗不等候机会到来呢？维雷尔本人不就曾经一再等待机会到来嘛。"什么维雷尔不维雷尔的！"戈利亚德金先生又想,"这怎么扯得上维雷尔呢?倒不如我现在,那个……硬闯进去,怎么样?……唉,你呀,真是个窝囊废!"戈利亚德金先生说道,用发麻的手拧了一下自己发麻的腮帮子,"你真是个大笨蛋,真是个穷光蛋——我又偏偏姓这姓①!……"其实,现在他这样自己作践自己也没什么,只是话到嘴边随便说说而已,并无任何明显的目的。瞧,他本来已经探身向前,就要往前闯了;时机已经成熟;餐具间空了,里面没有一个人;戈利亚德金先生从小窗户里把这看得一清二楚;他迈前两步就已经到了房门口,他已经开始推门了。"进不进去呢?哎呀,进不进去呢?进去……干吗不进去?勇敢者到处是路!"我们的主人公就这样自己给自己打气之后,突然而又完全出乎意外地溜回了屏风后面。"不,"他想,"要是有人进来怎么办?可不嘛,进来了;刚才没人的时候我干吗错过机会呢?应当果断地硬闯进去!……不,我这人就是这种性格,还闯什么呀!要知道,就是这种下三烂作风!胆子小得像母鸡一样。我们呀就会前怕狼后怕虎,没治!我们就会拆烂污,把好事办坏:关于这种事,你们就别来问我们了。瞧,就会像段木头似的站在这里,你还

---

① "戈利亚德金"(Голядкин)这个姓源自"穷光蛋"(голядка)一词。

能干什么呀！倒不如现在待在家里喝杯茶痛快……悠闲自在地喝杯茶该多痛快呀。回去晚了，说不定彼得鲁什卡会唠叨的。是不是回家呢？让魔鬼把这些人统统抓了去！走，管它呢！"戈利亚德金先生这样当机立断地解决了自己的处境之后，就像有人在他身上开了发条似的，他迅速向前冲去；才两步就进了餐具间，甩下大衣，摘下帽子，急忙把这一切塞进一个角落，整了整衣服，抿了抿头发；然后……然后便向茶室走去，从茶室又钻进另一个房间，几乎神不知鬼不觉地在一群赌兴正酣的赌徒中间溜了过去；然后……然后……这时戈利亚德金先生把他周围发生的一切都忘了，迅雷不及掩耳地径直向跳舞大厅走去。

好像有人故意安排好了似的，这时候大家都没跳舞。女士们三三两两而又风姿绰约地在大厅里徜徉。男人们则围成圈，或者在房间里穿过来穿过去，邀请女士们跳舞。戈利亚德金先生对此视而不见。他只看见克拉拉·奥尔苏菲耶芙娜，在她身旁的安德烈·菲利波维奇，然后是弗拉基米尔·谢苗诺维奇，还有两三名军官，还有两三位也非常英俊潇洒，乍一看就看得出来，或者前途无量或者已经实现了某些希望的年轻人……此外，他还看到一些人。或者不；他已经看不见任何人了，他也不朝任何人看……而在同一根发条（他就是借这根发条之力不请自来地闯进了别人的舞会）的驱动下，冲向前去，而后又继续向前；半道上撞到一位大官身上，踩了他的脚；随后又恰好踩到一位可敬的老太太的裙子上，把她的裙子扯破了一点儿，又把一个端茶盘的仆人推了一下，还推了一下另一个人，而且，他居然对此毫无察觉，或者不如说，他察觉了，但是视而不见，居然谁也不看地、一个劲儿地往前挤呀、挤呀，突然出现在克拉拉·奥尔苏菲耶芙娜面前。毫无疑问，此刻他会非常高兴地、眼睛都不眨地钻进地缝里去；但是已经做了的事是无法挽回的……是无论如何没法挽回的。怎么办呢？败不馁，胜不骄。不用说，戈利亚德金先生绝对不是个阴谋家，也不是用靴子蹭地板的行家里手……但是事情就这么发生了。再说耶稣会士不知怎么又掺和了进来……不过戈利亚德金先生也顾不上管他们了！所有人，在走来走去的，在大声喧哗的，在谈笑风生的，突然，仿佛有人把手一挥，都变得鸦雀无声了，渐渐围到戈利亚德金先生的身边。但是戈利亚德金先生却似乎什么也没有听见，什么也没有看见，他看不见……他说什么也看不见；他低下眼睛望着地面，就这么站着，但是他却趁此机会向自己保证，今夜他无论如何非开枪自杀不可。戈利亚德金先生向自己发了这个宏誓之后,他在心里对自己说:"豁出去了!"——他自己也觉得非常惊讶,他怎么会完全出乎意外忽然说起话来了呢。

戈利亚德金先生先是向生日女皇道喜,接着就彬彬有礼地致贺词。道喜进行得很顺利,可是轮到致贺词的时候,我们的主人公却卡壳了。他感到,倘若一卡壳,那一切非立刻去见鬼不可——果然不出所料——一卡壳就崴泥了……一崴泥就脸红了;一脸红就没辙了;一没辙就抬起了眼睛;一抬起眼睛就仓皇四顾;一仓皇四顾就——就傻了……所有的人都站着,所有的人都哑口无言,所有的人都在等下文;稍远一些的开始窃窃私语;稍近一些的开始哈哈大笑。戈利亚德金先生投过一瞥驯良的、心慌意乱的目光,望着安德烈·菲利波维奇。安德烈·菲利波维奇也以同样的目光回答戈利亚德金先生,如果说我们的主人公没有因此而完全地、彻底地丧命,那下一回也非一命呜呼不可——如果还可能有下一回的话。沉默在继续。

"这多半属于家庭情况和我的私生活,安德烈·菲利波维奇,"半死不活的戈利亚德金先生用勉强听得见的声音说道,"这不是公务上的意外事件,安德烈·菲利波维奇……"

"要懂得点儿礼义廉耻,先生,要懂得点儿礼义廉耻嘛!"

安德烈·菲利波维奇悄声道，脸上带着说不出的愤怒——说罢便挽起克拉拉·奥尔苏菲耶芙娜的胳臂，转身离开了戈利亚德金先生。

"我于心无愧，安德烈·菲利波维奇。"戈利亚德金先生也用同样的低语回答道，并用他那不幸的目光环顾四周，张皇失措而又极力就此事在困惑的人群中寻求持中间立场的人，以及自己应有的社会地位。

"我说，诸位，没什么，真没什么！哼，这又算得了什么呢？这种情况任何人都可能发生嘛。"戈利亚德金先生悄声道，在原地稍许挪动了一下，极力想从围着他的那一堆人群里面挣脱出来。大家给他让开了路。我们的主人公好歹从两排好奇而又困惑不解的看热闹的人群中走了出来。真是在劫难逃。戈利亚德金先生自己也感到鬼使神差，在劫难逃。当然，他情愿付出高昂的代价，倘若他现在仍能不失体面地待在玄关靠近后楼梯他原来站立的那地方的话；但这是绝对不可能的，因此他就开始极力溜到一个什么角落里，就那么老实巴交地站在那里——谦虚地、文质彬彬地独自站在一边，谁也不碰，也不引起人家对自己的特别注意，但与此同时又能博得主客双方的一致好感。不过，戈利亚德金先生却感到似乎有什么东西把他抬了起来，他似乎晃晃悠悠地就要摔倒了。他终于走到一个角落，像个不相干的冷眼旁观者似的站在那里，用两手支在两把椅子上，就这样把这两把椅子攫为己有，完全占有了它们，并极力抖擞起精神尽可能地抬头望着聚集在他周围的奥尔苏菲·伊万诺维奇的诸位嘉宾。站得离他最近的是一位军官，这小伙魁梧而又英俊，在他面前戈利亚德金先生觉得自己简直是只真正的小瓢虫。

"中尉，这两把椅子已经有人了：一把是克拉拉·奥尔苏菲耶芙娜的，另一把是在这里跳舞的公爵小姐切夫切汉诺娃的；现在我替她俩看着，中尉。"戈利亚德金先生上气不接下气地说，把央求的目光转向中尉。中尉默默地、恶狠狠地狞笑了一下，转过身去。我们的主人公在一个地方碰了钉子以后，又想另找个地方从另一方面碰碰运气，于是他就干脆对一位脖子上挂着显赫的十字勋章的大官说起话来。但是那大官却用冷冰冰的目光打量了他一眼，因而使戈利亚德金先生觉得他突然被人兜头浇了一大桶冷水。戈利亚德金先生闭上了嘴。他拿定主意还是不开口不说话为妙，以此表明他也没什么，他也跟大家一样，他的境况起码在他看来还是挺不错的。他抱着这一目的，把自己的目光锁定在自己制服的翻袖上，然后抬起眼睛，把目光停留在一个外表非常可敬的先生身上。"这位先生戴着假发，"

戈利亚德金先生想,"如果把这假发摘下来,就变成了光头,就跟我这个光秃秃的手掌一样。"戈利亚德金先生有了这样重要的发现之后,又想起了阿拉伯的埃米尔①,如果从他们头上解下绿色的缠头(他们戴它是一种标志,以示他们与先知穆罕默德源出同族),那剩下的也将是一颗没有头发的光头。然后,大概是因为浮想联翩,戈利亚德金先生东想西想地想到了土耳其人,又由土耳其人想到了土耳其人的鞋,想到这里他又凑巧想到,安德烈·菲利波维奇的那双靴子根本不像靴子,倒像是普通的鞋。看得出来,戈利亚德金先生已经多少习惯自己现在的处境了。"瞧,假如这吊灯,"戈利亚德金先生的脑海里倏地闪过,"瞧,假如这吊灯现在忽然掉下来,落到大家头上,那我立刻就冲过去救克拉拉·奥尔苏菲耶芙娜。把她救出来以后,我就对她说:'不要担心,小姐;这没什么,救您的人是我。'然后……"想到这里,戈利亚德金先生把眼睛转向一边,寻找克拉拉·奥尔苏菲耶芙娜,却看见了奥尔苏菲·伊万诺维奇的老跟班格拉西梅奇。格拉西梅奇带着一副非常关切和非常俨乎其然的表情径直向他挤过来。戈利亚德金先生打了个寒噤,皱

---

① 埃米尔是某些阿拉伯国家首长的称号。

了皱眉头，心头有一种情不自禁的，然而又非常不愉快的感觉。他机械地看了看四周：他不知怎么想到，就这么悄悄地，侧着身子，神不知鬼不觉地溜走，离开这个是非之地，就这么一抬腿——从此销声匿迹，就是说要做到了无痕迹，就像压根儿没有他这个人似的。然而说时迟那时快，我们的主人公还没来得及采取任何措施，格拉西梅奇已经站到了他面前。

"您瞧，格拉西梅奇，"我们的主人公说，笑吟吟地面对格拉西梅奇，"您瞧，那边灯架上的一支蜡烛，格拉西梅奇——它说话就要掉下来了：您快点儿关照他们把那蜡烛插插好；真的，它很快就要掉下来了，格拉西梅奇……"

"蜡烛？不，您看蜡烛不是竖得笔直的嘛；可是外面有人找您。"

"谁在外面找我，格拉西梅奇？"

"说真的，我也不知道他究竟是谁。什么人家的一个用人。他说，雅科夫·彼得罗维奇·戈利亚德金在这里吗？请叫他出来，有一件非常要紧的急事……就这样。"

"不，格拉西梅奇，您搞错了；这事您可搞错了，格拉西梅奇。"

"不见得吧……"

"不，格拉西梅奇，不是不见得；格拉西梅奇，这里没有任何不见得。谁也不会来找我。格拉西梅奇，任何人也不会来找我，我在这里等于在自己家里，也就是说，我在自己应该待的地方，格拉西梅奇。"

戈利亚德金先生喘了一口气，看了看四周。果然！大厅里的所有人，大家都把目光和听觉集中到他身上，在一本正经地等待着。男人们聚在近处，在注意听。女士们则在较远处惊惶地窃窃私语。主人自己则出现在离戈利亚德金先生并不太远的地方，虽然从他的外表看不出来他也直接参与了形成戈利亚德金先生目前处境的事，因为这一切都做得很有礼貌，然而这一切却让我们的小说主人公清楚地感觉到已经到了对他来说紧要的关头。戈利亚德金先生清楚地看到，勇敢打击的时候，使敌人蒙受羞辱的时候，到了。戈利亚德金先生很激动。戈利亚德金先生感到精神振奋，于是他又开始用发抖而又庄严的声音对等候在一旁的格拉西梅奇说道：

"不，我的朋友，谁也没有叫我。你搞错了。我还要进一步说，今天上午你硬要我相信，也弄错了，我敢说，你竟敢斗胆地要我相信（戈利亚德金先生提高了嗓门），奥尔苏非·伊万诺维奇，我多年的恩人，他在某种意义上也等于是我的父亲，会在他心花怒放、合家欢聚的时刻对我闭门不纳。（戈利亚德金先生得意而又深情地环顾了一下周围。他的睫毛上已经涌出了泪珠。）我再说一遍，我的朋友，"我们的主人公最后说道，"你搞错了，你大大地、不可饶恕地搞错了……"

这时刻庄严而隆重。戈利亚德金先生感到效果极其显著。戈利亚德金先生站着，谦虚地垂下眼睛，等待着奥尔苏菲·伊万诺维奇的拥抱。众嘉宾明显地流露出激动不安和困惑莫解；甚至连态度坚决而又可怕的格拉西梅奇在说到"不见得吧"这句话时也欲言又止……突然，这时无情的乐队没来由地轰然作响，奏起了波尔卡舞曲。一切都完了，一切都已随风而去。戈利亚德金先生打了个寒噤，格拉西梅奇退后一步，大厅里所有的一切都像大海般波动起来，弗拉基米尔·谢苗诺维奇已与克拉拉·奥尔苏菲耶芙娜翩翩起舞，他俩是第一对，第二对则是英俊潇洒的中尉与切夫切汉诺娃公爵小姐。观众们都好奇而又欢欣鼓舞地、三三两两地挤在一起，观看跳波尔卡舞的人——这舞有趣、新颖、时髦，把大家的头都转晕了。戈利亚德金先生被大家暂时忘却了。但是突然一切都惊惶不安，张皇失措，七手八脚地忙乱起来；音乐停止了……发生了一件奇怪的事。克拉拉·奥尔苏菲耶芙娜因为跳舞跳累了，累得气喘吁吁，双颊绯红，胸脯一起一伏，终于筋疲力尽，倒在了圈椅上。所有的心都在为这迷人的绝代佳人而倾倒，所有的人都争着去向她致意，感谢她给大家带来的欢乐——突然，戈利亚德金先生出现在她面前。戈利亚德金先生面色苍白，心慌意乱；看来他也处于一种精疲力竭的状态，他只能勉强迈动两腿。他不知怎么微笑着，请求地伸出一只手。克拉拉·奥尔苏菲耶芙娜在惊讶中没有来得及把自己的手抽回来，只好机械地站起身来，接受了戈利亚德金先生的邀请。戈利亚德金先生先是向前摇晃了一下，接着又摇晃了一下，然后抬起腿来，然后不知怎么碰了一下鞋跟，然后又不知怎么跺了跺脚，然后又绊了一下……他也想跟克拉拉·奥尔苏菲耶芙娜跳舞。克拉拉·奥尔苏菲耶芙娜发出一声尖叫；大家都跑过去，把她的手从戈利亚德金先生的手中解救了出来，于是我们的主人公一下子被人群挤到一边，几乎挤出十步之遥。他周围也集合了一圈人。突然传来两位老太太的尖叫声和喊声，原来戈利亚德金先生在退却中差点儿把她俩撞倒。出现了大乱；大家都在问，大家都在喊，大家都在议论纷纷。乐队停止了演奏。我们的主人公在自己的圈子里转来转去，机械地傻笑着，在自言自语地嘀咕："为什么不呢？"起码在他看来，这波尔卡舞是一种新颖的舞，非常有趣，是编出来给女士们取乐的,不过既然事情发展到这般地步,看来,他也只好同意了。但是戈利亚德金先生是否同意,谁也没有问他。我们的主人公感到,突然,不知谁的一只手落到了他的手上,另一只手则稍许顶住他的后背,有人在特别关切地把他推到什么方向去。最后他终于发现,他正在笔直地向门口走去。戈利亚德金先生想要说什么话,想要做什么事……但是不,他什么也不想。他只是机械地付诸一笑。最后他终于感到有人在给他穿大衣,有人在把礼帽扣到他的脑袋瓜上;他终于感到自己在玄关,在黑暗与寒冷中,来到了楼梯上。他终于绊了一下,他觉得他跌进了无底深渊;他想叫——突然,他出现在院子里。新鲜空气向他扑面吹来,他略停了片刻;就在这时候,乐队重又轰然作响,乐声传进了他的耳朵。戈利亚德金先生蓦地想起了一切;仿佛,他失去的力量重又回到了他身上。他拔腿就跑,离开他一直呆然不动地站着的地方,他拼命往外跑,随便上哪,上大街,上户外,跑到哪儿算哪儿……

第五章

当戈利亚德金先生失魂落魄地跑出来，跑到伊兹梅洛夫桥附近的芳坦卡河边，一路逃生，躲开敌人，躲开追击，躲开如冰雹般落到他头上的敲打，躲开惊慌失措的老太太们的大呼小叫，躲开女人们的长吁短叹，躲开安德烈·菲利波维奇杀气腾腾的目光的时候，彼得堡所有会报时和会打点的钟塔上，都打了半夜十二点整。戈利亚德金先生被打死了——完全地、彻底地被打死了，如果说他现在还能跑，那只能说这是出于某种奇迹，而出现这一奇迹连他也不敢相信。夜是可怕的，十一月的夜——潮湿，多雾，阴雨，多雪，这样的天气很容易引起牙龈炎、感冒、寒热病、咽峡炎，以及各种各样的热病——总之，可以产生彼得堡十一月天的全部馈赠。风在荒凉的街道上呼啸，把芳坦卡的黑色河水掀得老高，肆意吹刮着岸边细小的灯柱，灯柱也以尖利刺耳的嘎吱声应和着风的呼啸，因而形成一支发出无尽无休的尖细的颤音的协奏曲，这样的协奏曲是每个彼得堡居民都极其熟悉的。雨与雪同时并作。被风吹断的一缕缕雨水，几乎成水平状喷射过来，就像消防队的水龙头喷出来的水柱似的，仿佛有千万只别针和发卡戳着和抽打着不幸的戈利亚德金先生的脸。在这无声的黑夜里，打破这寂静的只有遥远的马车声，风的呼啸声，灯柱的嘎吱声，此外还有雨水从所有人家的屋顶上、台阶上、流水槽和房檐上流到花岗岩人行道石板上发出的凄凉的哗哗声和汩汩声。无论近处还是远处都空无一人，似乎，在这样的时刻和这样的天气也不可能有任何人。总之，只有戈利亚德金先生独自一人，灰心丧气，迈着他通常的急促的碎步，在芳坦卡河边的人行道上一路小跑，想急忙跑到而且尽快跑到他在六铺街的自己的四层楼，跑回自己的寓所。

雨、雪和彼得堡十一月的天空下暴风雪大作和乌云密布时甚至都叫不出名字来的一切，都一下子猛地向本来就倒霉透顶的戈利亚德金先生袭来，对他毫不留情，也不容他有丝毫喘息的机会，使他冻彻骨髓，雨雪糊住了他的眼睛，风从四面八方吹来，使他看不清道路，把他弄得头脑发昏，虽然这一切劈头盖脸地一下子落到戈利亚德金先生的身上，仿佛同他的所有敌人故意勾结起来，串通好了，今天的白天、晚上、黑夜存心要他的好看，使他吃足了苦头——尽管这样，戈利亚德金先生对于命运捉弄人的这最近一个证据仍然毫无感觉：因为几分钟前他在五品文官贝伦捷耶夫先生家发生的一切是如此强烈地震撼了他，使他感到太震惊了。如果现在有一位认为与己无关的旁观者从一旁随便瞥一眼戈利亚德金先生那苦恼的奔跑，他也会一下子对他的灾祸的可怕惨状感同身受，而且一定会说戈利亚德金先生现在的样子似乎想自己躲开自己，似乎想跑到什么地方去，自己逃避自己。是的！情况真是这样。我还要加一句：现在，戈利亚德金先生不仅想要逃避自己，而且甚至想彻底消灭自己，把自己化成灰烬。现在他对周围的一切视而不见，不明白他周围到底发生了什么事，他那样子，仿佛对他根本就不存在这雨雪交加的黑夜的种种不愉快，这漫漫长路，这雨，这雪，这风，这整个恶劣的天气似的。穿在靴子外面的套鞋从戈利亚德金先生的右脚上掉了下来，留在了这里，落在泥泞和积雪之中，落在芳坦卡岸边的人行道上，可是戈利亚德金先生甚至都没有想到要回去把它拾起来，甚至都没有发现套鞋丢了。他是那样失魂落魄，以致有好几次他竟不顾周围发生的一切，突然停在人行道中央，像根柱子似的一动不动：在这一刻，他死了，消失了；然后又突然像个疯子似的离开原地，拔脚飞跑，头也不回地向前跑去，好像有人在追他，他在逃命，在逃避某种更加可怕的灾难……确实，他的处境很可怕！……最后，由于筋疲力尽，戈利亚德金先生停了下来，两手支着芳坦卡岸边的栏杆，就像一个人突然完全出乎意料地鼻孔流血，俯首注视着芳坦卡浑浊的、黑黑的河水似的。不知道他这样做到底花去了多长时间。只知道这一刻戈利亚德金先生是那样灰心绝望，那样受尽折磨，那样痛苦，那样精疲力竭，那样垂头丧气，而本来他就有气无力，人命危浅，快没命了，因而忘记了一切：既忘了伊兹梅洛夫桥，又忘了六铺街，又忘了自己当前的……到底出了什么事呢？反正他也无所谓了：事情已经做了，当然，判决也已签过字盖过章了；他又能怎么样呢？……突然……突然他全身打了个哆嗦，不由得向一旁倒退了两步。他带着一种难以言说的不安仓皇四顾；但是没有一个人，也没有发生任何特别的事情——然而……然而他似乎觉得，方才，就在这一分钟，有个人就站在这儿，站在他身旁，紧挨着他，也用手支着河边的栏杆，而且——简直太怪了！——甚至还对他说了一句什么话，说得很快，很急促，听不大懂，但说的那事却与他有关，与他的关系十分密切。"怎么，难道是我的错觉？"戈利亚德金先生说，再一次仓皇四顾。"我这是站在哪儿呀？……唉，唉！"他最后说道，摇了摇头，又带着一种忐忑不安的伤感，甚至恐惧感开始张望模糊一片的潮湿的远方，他使劲儿睁大眼睛，竭力用自己那双近视眼穿透展现在他面前的一片雨雪纷飞的屏障。然而，没有任何新东西，也没有任何特别的东西扑进戈利亚德金先生的眼帘。看来，一切都很正常，并无异样，也就是说，雪下得更猛、更大、更密了；二十步外漆黑一片，什么也看不清；灯柱发出的嘎吱声比从前更加尖利了，风也似乎更凄厉、更悲切地哼唱着它那悲苦的歌，就像一个纠缠不休的乞丐在乞求一枚铜板聊以果腹似的。"唉！我到底怎么啦？"戈利亚德金先生又重复了一遍，开始往前走去，但仍在微微地东张西望。然而却有一种新的感觉在戈利亚德金先生的整个身上活动：说苦恼不是苦恼，说恐惧也不是恐惧……一种忽冷忽热的战栗在他的血管中奔流。这一刻让人不愉快，让人受不了！"嗯，没什么，"他说，为了给自己打气，"嗯，没什么；说不定，这根本就没什么，绝不会给任何人的名誉抹黑。也许就该这样也说不定，"他继续道，自己也不明白他在说什么，"到时候这一切就会好起来也说不定，用不着瞎费心思想这想那的，到时候大家都对，都没错。"戈利亚德金先生就这样自言自语，说些为自己开脱的话，稍微抖擞了一下身子，掸掉落在他的礼帽上、领子上、大衣上、领带上、皮靴上以及其他东西上积成厚厚一层的雪花——但是他那种奇怪的感觉，那种奇怪的说不清道不明的烦恼，仍旧推也推不开，甩也甩不掉。什么地方响起了炮声，声音传得很远。"真是鬼天气，"我们的主人公想道，"听！不会是发大水吧？看来,水涨得太快了。"①戈利亚德金先生刚说完或者刚想完这事,突然看见在自己前面有个人向他迎面走来,大概也跟他一样因为什么事在走夜路。看来,这事似乎是小事一桩,纯属偶然;但是不知道为什么,戈利亚德金先生却慌张起来,甚至感到心虚胆怯,有点儿不知所措。倒不是他怕碰到坏人,而是没什么,也许……"谁知道他,谁知道这个走夜路的人呢,"戈利亚德金先生的脑子里倏忽一闪,"也许,他也一样,也许,他在这里,最要紧的是,他不会没来由地走夜路,而是有目的而来,他会挡住我的去路,给我当头一闷棍。"话又说回来,也许戈利亚德金先生根本就不曾想到这个,而只是刹那间有一种与此类似的非常不愉快的感觉。不过,他既没有工夫想,也没有工夫感觉:因为那个走夜路的人已经到了眼前。戈利亚德金先生立刻按照自己的老习惯急忙摆出一副完全与众不同的样子——那样子清楚地表示,他戈利亚德金就是戈利亚德金,他没有什么,路很宽,谁都能走,要知道,他戈利亚德金是不会触犯任何人的。突然,他停了下来,呆若木鸡,就像猛地遭到雷击似的,然后他又迅速转过身去,回头目送着那个擦肩而过的走夜路的人——

---

① 彼得堡地处涅瓦河边和芬兰湾,地势低洼,经常出现水灾。每逢河水上涨、出现汛情,即鸣炮示警。

他回过身去，带着这样一副神态，倒像他身后有鬼在捉弄他，倒像风吹动了他的风信旗似的。那个走夜路的人迅速消失在暴风雪中。他也急匆匆地走着，他的穿戴也跟戈利亚德金先生一样，从头裹到脚，也跟他一样，在芳坦卡河边的人行道上迈着急促的碎步，微微晃动着身子一路小跑。"这是怎么回事，怎么回事？"戈利亚德金先生悄声道，怀疑地微笑着，然而却全身打了个激灵。他的后背感到一阵寒战。然而那个走夜路的人已经完全不见了，已经听不到他的脚步声了，可是戈利亚德金先生仍旧站着，望着他的背影。然而他终于渐渐地清醒了。"这究竟是怎么回事呢，"他懊恼地想，"我倒是怎么啦，难道我真的疯了？"他转过身又开始走自己的路，一面越来越加快步伐，极力做到最好什么也不想。抱着这个目的，他甚至都闭上了眼睛。突然，透过风的呼啸和雨雪纷飞的声音，什么人的非常近的脚步声又传进了他的耳朵。他打了个激灵，睁开眼睛。在他前面，离他二十步开外，他又看到有个黑黢黢的人影在迅速地向他走来。这人急匆匆地走着，脚步很快，很急；距离很快缩短了。戈利亚德金先生甚至已经能够完全看清这位走夜路的新伙伴了——看清之后，他惊讶和恐怖地大叫了一声；两腿蓦地软了。这人就是约莫十分钟前在他身边走过，他已经熟悉的那个走夜路的人，可是现在却突然完全出乎意料地又在他面前出现了。不过，还不是这一奇迹使戈利亚德金先生感到吃惊——使戈利亚德金先生吃惊的是他自己居然停了下来，大叫一声，有什么话想说——还拔脚去追这个陌生人，甚至向他喊着什么，大概是想让他快点儿停下来。那个陌生人还真的停了下来——离戈利亚德金先生十步远，而且停得让他身旁的路灯光恰好照亮了他的整个身影——他停下来后向戈利亚德金先生转过身，并且带着不耐烦和担心的神态等他开口说话。"对不起，我也许搞错了。"我们的主人公用发抖的声音说。那陌生人遗憾地、默默地转过身去，开始迅速地继续走自己的路，倒像想匆忙去追回被戈利亚德金先生浪费的那两秒钟光阴似的。至于戈利亚德金先生，他的所有血管都开始跳动，他的两膝打弯、发软，他发出一声呻吟，一屁股坐到人行道的矮石柱上。不过，说真的，他这样张皇不安也是有原因的。问题在于，现在他觉得这个陌生人似乎不陌生了。这一切还不算什么。过去他也常常看见他，见过这人，什么时候见过，甚至不太久以前就曾经见过；到底在哪里见过他呢？该不就是昨天吧？话又说回来，主要的问题还不在于戈利亚德金先生从前常常见过他；再说这人身上也几乎没有任何特别之处——乍一看，这人简直引不起任何特别的关注。普普通通，跟所有的人一样，人很正派，不用说，跟所有的正派人一样，说不定他身上还有某些优点，甚至有相当大的优点——总之：一个普通人。戈利亚德金先生对这人甚至既不恨也不抱敌意，甚至也没有一丝一毫最轻微的恶感，甚至相反，似乎——然而（然而主要之点正在于这个情况）——然而，不管给他世上任何宝贝，他也不愿意遇见他，尤其，比如说，像现在这样，与他狭路相逢。进一步说：戈利亚德金先生跟这人非常熟悉；他甚至知道他叫什么，这人姓甚名谁；然而，无论给他什么，无论给他世上任何宝贝，他都不愿说出他的姓名，都不肯承认，比如说，这人叫什么，他的父称是什么，他姓甚名谁。戈利亚德金先生的疑问持续了多长时间，他坐在路旁的矮石柱上究竟坐了多长时间——我都没法说，我只知道，终于，他稍微清醒了一点儿以后，便突然拔腿飞跑，头也不回地拼命地跑；跑得气都喘不上来了；他跌跌撞撞地绊了两回，差点儿没有摔倒——在这种情况下，戈利亚德金先生的另一只靴子也变得孤苦伶仃，也被自己的套鞋遗弃了。戈利亚德金先生为了喘口气终于放慢了脚步，他匆匆看了看四周，看到他不知不觉已经跑过了芳坦卡河边他要走的那段路，跑过了阿尼奇科夫桥，跑过了一小段涅瓦大街，他现在正站在拐向铸铁街的转弯处。戈利亚德金先生拐了个弯，走上了铸铁街。他在这一刻的处境就像一个人站在可怕的悬崖陡壁上,他脚下的土地正在往下坠落,它摇晃过一次,活动过一次,倘若再晃动一次,就会坍塌,把他拽进无底深渊,然而这个不幸的人既没有力气也没有勇气向后跳,离开那个地方,把自己的眼睛挪开,不看那个张开的大口;那个无底深渊吸引着他,他终于主动跳了下去,主动加速了自己死亡时刻的到来。戈利亚德金先生知道,感觉到,而且有充分把握,他在半道上一定还会遭遇到某种不测,他一定还会发生什么不愉快的事,比如说,他肯定还会遇到那个陌生人;但是——说也奇怪,他甚至希望遇见他,认为这是不可避免的,他只求这一切快点儿结束,只求他目前的状况得到解决,怎么解决都行,不过要快。与此同时,他却不停地跑啊跑啊,好像有一种外力在推动他不停地往前跑似的,因为他感到他的整个身体都出现一种虚脱和麻木;他已经什么也不能想了,虽然他的思想就像一枚刺李似的抓住了一切。一只无家可归的小狗,浑身湿透,打着哆嗦,死乞白赖地跟在戈利亚德金先生后面,侧着身子在他身边急急地奔跑,缩紧尾巴,耷拉着耳朵,不时还胆怯而又聪明地抬起头来望望他。一个遥远的、早已忘却的念头——一种对过去早就发生过的情况的回忆——现在浮上了他的脑海,像一把小锤似的不断敲击着他的脑瓜,使他懊恼,而又挥之不去。

"哎呀，这只讨厌的狗！"戈利亚德金先生低声说，自己也不明白他自己在说什么。他终于在意大利街的拐角处遇到了那个陌生人。不过现在这陌生人已不是向他迎面走来，而是跟他一样向同一方向走去，他也在跑，在他前面几步。他俩终于走到了六铺街。戈利亚德金先生已经累得上气不接下气。那个陌生人在戈利亚德金先生寄寓的那个公寓前停了下来。传来了门铃声，几乎就在同时，也传来了铁门闩的嘎吱声。大门上的便门打开了，那陌生人猫下腰，一闪身就不见了。几乎就在同一刹那戈利亚德金先生也赶到了，像箭一样钻进了大门。他不理看门人的唠叨，便气喘吁吁地跑进了院子，并且立刻看到了他那位暂时丢失的有意思的旅伴。那陌生人在通向戈利亚德金先生寓所的那座楼梯的入口处一闪。戈利亚德金先生急忙紧随其后。楼梯上黑黢黢的，又潮湿又肮脏。在楼梯的所有转弯处，堆满了住户们数不清的废弃的杂物，如果换了个没有来过的生人，天黑后爬上这座楼梯，就要冒摔断腿的危险，若想上去，非花大约半小时不可，而且在诅咒这楼梯的同时，肯定会把自己的朋友也一起骂进去——哪里不好住，偏住这样不方便的地方。但是戈利亚德金先生的旅伴好像是个知情人，他好像在自己家里似的；他轻轻松松地就爬了上去，毫不为难，似乎对地形十分熟悉。戈利亚德金先生几乎完全赶上了他；甚至有一两次，这陌生人的大衣下摆都碰到了他的鼻尖。他的心提到了嗓子眼上。这个神秘人物在戈利亚德金先生的房门前停了下来，敲了敲门，而且（话又说回来，换了别的时候，非使戈利亚德金先生大吃一惊不可）彼得鲁什卡好像在等门，还没躺下睡觉，他立刻开了门，并且手里拿着蜡烛跟在进来的那人后面。我们的小说主人公大惊失色地跑进了自己的住处；他既没有脱大衣，也没有摘帽子，就穿过小走廊，像遭了雷击似的停在了自己的房门口。戈利亚德金先生的所有预感都得到了完全的证实。他担心和猜想到的一切，现在都被他不幸而言中。他的呼吸中断了，头也开始旋转起来。那个陌生人就坐在他前面，也穿着大衣和戴着帽子，微微笑着，坐在他的床上，还微微眯起眼睛，向他友好地点头。戈利亚德金先生想喊，但是喊不出声来——他想用什么办法提出抗议，但是力不从心。头发在他头上根根倒竖，他恐怖得坐在原地，失去了知觉。不过，他这样也是有道理的。戈利亚德金先生完全认出了自己这位深夜同行的朋友不是别人，就是他自己——戈利亚德金先生自己，是另一位戈利亚德金先生，但是跟他本人完全一样——总之，在所有方面都与他相同，即所谓他的化身…………

第六章

第二天八点整，戈利亚德金先生在自己的床上醒了过来。立刻，昨天一天所有非同寻常的事，以及整个难以置信的奇异的夜，连同夜间几乎匪夷所思的奇遇，一下子，突然，令人毛骨悚然而又历历在目地呈现在他的想象和记忆里。他的仇敌的这种歹毒和凶狠，尤其是这种歹毒的最新证明，使戈利亚德金先生的心都结成了冰。但与此同时这一切又是如此奇怪，如此匪夷所思，如此怪异，又好像是不可能的，这整个事的确很难信以为真；戈利亚德金先生甚至自己都准备承认这一切不过是虚幻的梦呓，是想象力的一时紊乱，是脑子发蒙了，糊涂了，要不是幸亏他从痛苦的人生经验中知道心怀歹毒有时会把一个人弄到什么地步，为了自己的名誉和自命不凡一心想要报仇的敌人有时会残忍到什么地步。再说，戈利亚德金先生筋疲力尽的四肢，眩晕的脑瓜，酸痛的腰和恶性感冒，都有力地证明和肯定昨日的夜游是完全可能的，也多少说明在夜游时发生的其他一切也是完全可能的。再说，最后，戈利亚德金先生已经早知道，他们那儿正在酝酿某种阴谋，而且还有人躲在他们背后。但是怎么办呢？戈利亚德金先生仔细考虑过以后决定先不声张，先委曲求全，也不就这事提出抗议，到时候再说。"他们这样，也许只是想吓唬我一下，可是他们看到我无所谓，不提出抗议，完全逆来顺受，忍气吞声，说不定他们就会偃旗息鼓，主动偃旗息鼓，而且还是首先偃旗息鼓。"

当戈利亚德金先生躺在自己的床上，伸着懒腰，舒展着疲惫的四肢，这回，正在等候的彼得鲁什卡照例到他的房间里来时，他脑子里就翻腾着这样一些想法。他等候彼得鲁什卡已经差不多一刻钟了；他听见那个懒虫彼得鲁什卡在隔壁拾掇茶炊，然而他却怎么也拿不定主意是否要喊他过来。进一步说：戈利亚德金先生甚至有点儿害怕跟彼得鲁什卡对质。"只有上帝知道，"他想，"只有上帝知道这骗子现在对这一切是怎么看的。尽管他在那里一声不吭，可是却一肚子坏水。"终于房门"嘎吱"一声响了，彼得鲁什卡双手端着茶盘进来了。戈利亚德金先生匕斜着眼，胆怯地看了看他，焦急地等待下文，等着看他会不会终于对那事说点儿什么。但彼得鲁什卡什么也不说，相反，却比平时更沉默寡言，更阴沉着脸，更加没好气，看什么都皱着眉头，斜着眼睛；总之，看得出来，他对什么事很不满意；他甚至一次也没有抬头看自己的主人，顺便说说，这多少刺痛了戈利亚德金先生；他把拿来的东西都放到桌上，接着就转身默默地走开了，走进隔壁的小屋。"他知道，他知道，他什么都知道，这无赖！"戈利亚德金先生喃喃道，一面动手喝茶。然而我们的主人公从自己仆人的嘴里什么也没问出来，虽然彼得鲁什卡以后又有好几次因为各种各样的事到他的房间里来过。戈利亚德金先生处在一种非常惊慌的状态中。一想到还要去司里上班就感到瘆得慌。他有一种强烈的预感：正是那里会出现什么三长两短。"你一去，"他想，"碰到什么事咋办？倒不如现在忍一忍？倒不如现在先按兵不动？——他们在那里爱说什么，随他们便；我今天还不如在这里等着，等我养精蓄锐，恢复了元气，把这事从头到尾先好好想想，然后再看准时机，给他们大家来个措手不及，我自己则以逸待劳，秋毫无损。"戈利亚德金先生一面这样思前想后，一面抽着烟斗，抽了一袋又一袋；时间飞也似的过去；已经差不多九点半了。"瞧，都九点半了，"戈利亚德金先生想，"去也晚了。再说我有病，自然有病，肯定有病；谁敢说我没病？我才不怕呢！让他们派人来查好了，让庶务官来好了；说真的，我有什么可怕的？瞧，我背疼，咳嗽，感冒；说到底，我想去也去不了，这样的天气无论如何不能出去；我会生病的，说不定以后就一命呜呼；尤其是眼下死亡率这么高……"戈利亚德金先生用这样的理由终于使自己的良心完全平静了下来，他预料安德烈·菲利波维奇肯定会说他玩忽职守，对他进行申斥，因此他先自我辩解了一番。总之,每次遇到这样的情况,我们的主人公就极其喜欢用各种各样驳不倒的理由先在自己心目中为自己开脱,并用这样的办法使自己完全心安理得。总之,现在他已经使自己完全心安理得了,于是他拿起烟斗,装满了一袋烟,刚开始正经八百地抽了几口——又从沙发上猛地跳了起来,撂到一边,急急忙忙洗好脸,刮好胡子,梳好头,穿上制服以及其他等等,顺手拿起一摞文件,飞也似的跑到司里上班去了。

戈利亚德金先生胆怯地走进自己那个科,忐忑不安地等待着会出现什么非常不好的事——这等待是无意识的、模模糊糊的,但与此同时也是不愉快的;他怯生生地坐在自己的老位置上,紧挨着股长安东·安东诺维奇·谢托奇金。他正襟危坐,不为任何事情分心,一头钻进放在他面前的公文的内容中。他打定主意并且发誓尽可能躲开一切带有挑衅性的东西,尽可能躲开一切有损他的美名的东西,比如:不礼貌的问题,有关昨晚情况的随便什么人开的玩笑和所做的无礼的暗示;他甚至打定主意回避跟同僚们寒暄,即问候健康等等。但是同样显而易见的是,保持这种态度做不到,也是不可能的。担心和不知道会发生什么直接触犯他的事,常常比触犯本身更使他痛苦。所以,尽管他发过誓,不管发生什么事,一概不闻不问,而且躲开一切，不管是什么，戈利亚德金先生还是间或偷偷地，悄悄地微微抬起头来，偷觑两旁，忽左忽右，窥探同僚们的脸色，并由此努力推断有无发生什么新的特别的与他有关的事，以及抱着某种丑陋的目的瞒着他的事。他推测，他昨天发生的整个事件与现在围绕在他周围的一切一定有关系。他终于在烦恼中开始希望，但愿一切快点儿解决，尽管只有上帝知道怎么解决，哪怕出现什么祸事也不要紧——没有关系！蓦地，命运在这时逮住了戈利亚德金先生：他还没来得及希望，他的种种疑虑便突然解决了，但是解决的方法却是最古怪的，最出人意料的。

另一个房间的房门忽然"嘎吱"一声，轻轻地、胆怯地打开了，似乎以此表明进来的那人十分等而下之，接着一个人影，然而却是戈利亚德金先生极熟悉的人影，羞怯地出现在我们的主人公所在的那张桌子前面。我们的主人公没有抬起头来——不，他只是捎带瞅了这人一眼，微微一瞥，但已经把什么都看在眼里了，明白了一切，直到最微小的细节。他羞得满面通红，把自己倒霉的脑袋瓜埋进公文里，他这样做的目的，与一只被猎人追赶的鸵鸟把自己的脑袋钻进热沙里的目的完全一样。新来的那人向安德烈·菲利波维奇鞠了一躬，紧接着就听到貌似亲切的官腔，举凡官衙里的长官同新来的下级说话都用这样的口吻。"来，坐这儿，"安德烈·菲利波维奇向新来的那人指着安东·安东诺维奇的桌子，说道，"就这儿，与戈利亚德金先生面对面，至于工作，我们会立刻给您安排的。"安德烈·菲利波维奇向新来的那人做了个迅速而又客气的规劝的手势，接着就立刻埋头批阅堆放在他面前的各种各样的公文了。

戈利亚德金先生终于抬起了眼睛，如果说他没有晕过去的话，那也仅仅是因为整个事情他早就预料到了，先就对一切心中有数，早猜到了来者是谁。戈利亚德金先生的第一个动作就是迅速看了看四周——有没有人在窃窃私语，有没有人就这事发表什么办公室常见的俏皮话，有没有什么人大惊失色，最后，有没有什么人吓得躲到桌子底下去。但是，让戈利亚德金先生感到十分惊奇的是，谁也没有出现任何类似的情况。戈利亚德金先生的同事与同僚诸公的行为使他感到惊奇。似乎有悖人之常情。戈利亚德金先生对这种异乎寻常的沉默感到害怕了。这事透着蹊跷；事情太奇怪、太不成话、太古怪了。总该有个风吹草动吧。不用说，这一切不过在戈利亚德金的脑海里一闪而过。他自己则如坐针毡。不过，这也是有原因的。那个现在坐在戈利亚德金先生对面的人，简直就是戈利亚德金先生的克星，戈利亚德金先生的耻辱，戈利亚德金先生昨天的噩梦，总之，这人就是戈利亚德金先生自己——不过不是现在坐在椅子上、张大了嘴、呆然不动地拿着笔的那个戈利亚德金先生；不是担任副股长的那个戈利亚德金先生；不是爱躲在人群中不显山不露水的那个戈利亚德金先生；最后，也不是那个戈利亚德金先生，这人走路的样子就似乎在清楚地说明："您不惹我，我也不会惹您"，或者："您别惹我，我可没有招您惹您呀"——不，这是另一个戈利亚德金先生，完全是另一个人，然而同前者十分相像——一样的个头，一样的体型，一样的穿戴，连秃顶也一样——总之，像透了，没有任何地方不像，简直没有一丁点儿不像，如果把他俩放在一起，任何人，简直没有一个人敢说，哪位是真戈利亚德金，哪位是假戈利亚德金，哪位是老戈利亚德金，哪位是新戈利亚德金，哪位是原件，哪位是赝品。

我们的主人公，假如可以打个比方的话，现在正处在这样的境地，一个淘气包正拿他耍笑取乐，偷偷地用聚光镜照着他玩。"这是什么，是不是做梦呢？"他想，"是真的，还是昨天的继续？这是怎么回事呢？凭什么权利发生这一切？这样的官吏是谁批准的，谁给他这样做的权利？我睡着了呢，还是在做梦？"戈利亚德金先生试着拧了自己一把，甚至还想尝试着拧一下别人……不，不是梦，肯定不是梦。戈利亚德金先生感到自己身上大汗淋漓、汗如雨下，他正在发生一种前所未有和至今从未见过的事，此外，简直倒霉透了，这还很不成体统，因为戈利亚德金先生明白和感觉到，在这种丑态百出的事情中由他开了这个先例是很不利的。最后，他甚至开始怀疑他这人是否存在，虽然他对一切早有思想准备，而且他自己也希望他的怀疑不管怎样能够得到解决，但是情况竟会这样急转直下却是他始料不及的。他心头的烦恼使他感到压抑，感到痛苦。有时候他竟完全失去了理性，失去了记忆。当他从这样的瞬间清醒过来后，他发现他手中的笔正在公文上机械地和无意识地写着。他不相信自己，开始检查他到底写了什么——竟一句也看不懂。最后，一直规规矩矩、老老实实坐着的另一位戈利亚德金先生站了起来，在房门口不见了，好像有什么事到另一个科里去了似的，戈利亚德金先生向周围望了一眼——毫无动静，一切都静悄悄的；只听见笔尖的唰唰声，翻阅文件的沙沙声，离安德烈·菲利波维奇的宝座稍远的角落里的窃窃私语声。戈利亚德金先生瞥了安东·安东诺维奇一眼，很可能我们的主人公的面容完全反映出了他现在的处境，与此事的真正含义也十分一致，因此从某方面看非常惹人注目，于是好心肠的安东·安东诺维奇放下手中的笔，非常同情地询问了一下戈利亚德金先生的健康。

"我，安东·安东诺维奇，谢谢上帝，"戈利亚德金先生结结巴巴地说道，"安东·安东诺维奇，我完全健康；我现在没事，安东·安东诺维奇。"他又迟迟疑疑地加了一句，还不完全信任他常常想起的这位安东·安东诺维奇。

"啊！可我看，您好像不大舒服；不过，也难怪，难免会有个头痛脑热的！尤其现在时疫流行。要知道……"

"是的，安东·安东诺维奇，我知道现在时疫流行……安东·安东诺维奇，我不是因为这事，"戈利亚德金先生说，定睛注视着安东·安东诺维奇，"要知道，安东·安东诺维奇，我甚至不知道，怎么对您，就是说，我想告诉您，我都不知道这事该从哪方面下手了，安东·安东诺维奇……"

"什么？要知道……您的意思……不瞒您说，我听不大懂；您……要知道，您说详细点儿，对这事您有什么为难的。"安东·安东诺维奇说，他看到戈利亚德金先生甚至眼睛里都急出了眼泪，他自己也感到有点儿为难了。

"我，说真的……这里，安东·安东诺维奇……这里有个官吏，安东·安东诺维奇……"

"哎呀！我还是听不懂。"

"我想说，安东·安东诺维奇，这里有个新官吏。"

"是啊，是有；跟您同姓。"

"什么？"戈利亚德金先生叫了起来。

"我说：跟您同姓，也姓戈利亚德金。该不是您兄弟吧？"

"不是的，安东·安东诺维奇，我……"

"唔！哎呀，我还以为也许是您的近亲呢。要知道，在某种程度上有点儿像，有点儿像一家人。"

戈利亚德金先生都惊呆了，一时张口结舌。这种不像话的、前所未见的事，就某一点来说确属稀罕，这种事甚至最不感兴趣的旁观者见了也会大吃一惊，竟说得如此轻松，明明像照镜子似的，却说有点儿像，像一家人！

"我说，雅科夫·彼得罗维奇，我想奉劝您一句，"安东·安东诺维奇继续道，"您还是去找大夫看看吧。要知道，不知怎的，您脸上的气色看起来不大好。您那眼睛尤其……要知道，眼神有点儿特别。"

"不，安东·安东诺维奇，当然，您的情我领了……就是说，我一直想问，这官吏到底是怎么回事？"

"怎么啦？"

"就是说,安东·安东诺维奇,您没发现他有什么特别的地方……有什么太刺眼的地方吗?"

"这话怎讲?"

"我的意思是说,安东·安东诺维奇,他与某人惊人地相似,比如说跟我。安东·安东诺维奇,您刚才说像一家人,您捎带地提到了这一点……您知道吗,有时候双胞胎就是这样的,就是说像两滴水,长得一模一样,简直分不清谁是谁?嗯,我要说的就是这个。"

"是的,"安东·安东诺维奇沉思片刻后说道,好像头一回对这情况大吃一惊似的,"是的!有道理。真是出奇地像,您说得不错,因此的确可能把一个人当成另一个人。"他继续道,对这事看得越来越清楚了,"您知道,雅科夫·彼得罗维奇,这简直是酷似,太神奇了,正如有时候人们常说的那样,就是说,长得跟您一模一样……您发现了吗,雅科夫·彼得罗维奇?我甚至都想请您说说怎么会这样像的,是的,不瞒您说,我起先还真没注意。奇迹,简直是奇迹!知道吗,雅科夫·彼得罗维奇,我说,您好像不是本地人吧?"

"不是本地人。"

"他也不是本地人。也许,你俩是同乡。我想冒昧请问,令堂大部分时间住哪儿？"

"您说……安东·安东诺维奇，您说他不是本地人？"

"是的，他不是本地人。说真的，这简直太奇怪了，"爱说话的安东·安东诺维奇继续道，他就爱东拉西扯地闲扯，"这的确能引起我们的好奇心；要知道，常常会发生这样的事，走过去，碰到一个人，甚至还推了他一下，却视而不见。不过，您也不要觉得难堪。这是常有的事。您知道吧——我给您说件事，我姨妈也发生过同样的事，她在临终前居然看到了自己的双身……"

"不，我——对不起，我打断了您的话，安东·安东诺维奇，我想知道，安东·安东诺维奇，这官吏是怎么来的，就是说，他凭什么到这里来工作？"

"他是来顶已故的谢苗·伊万诺维奇的空缺，顶替空出来的那个位置；因为出现了空缺，就给补上了。您瞧，也真是的，听说这个可怜的谢苗·伊万诺维奇还留下了三个孩子——一个比一个小。他的未亡人还跪在司长大人的脚下。不过听人家说，她隐瞒了实情：她还有几个钱，却隐瞒了她有钱……"

"不，我，安东·安东诺维奇，我还是想请问一下那个情况。"

"什么那个情况？噢，对了！我说，您怎么对这事有这么大兴趣呢？跟您说：您也不要觉得难堪。这一切多少是暂时的。有什么办法呢？要知道，您跟这事不挨边儿；这是上帝安排的，这是上帝的意志，产生抱怨是罪过的。这事正好看出上帝的无比英明。我看呀，雅科夫·彼得罗维奇，这事您毫无过错。世上出现的奇迹难道还少吗！造化母亲是慷慨的；不会要您对这事负责的，您也用不着对这事负责。顺便说说，举个例子吧，我希望您也听说过，他俩叫什么，他俩叫什么来着，对了，叫暹罗双生子①，他俩的脊背长在了一起，就这样活着，吃饭和睡觉都在一起；听说，赚了大钱。"

"对不起，安东·安东诺维奇……"

"我明白您要说什么，明白！是的！那有什么呢？——没什么！我说，就愚见所及，感到难堪是大可不必的。那有什么？他是个官吏就让他是官吏好了；看来，这人还挺能干。他说他叫戈利亚德金；不是本地人，又说他是一名九品文官。这话是他亲自跟司长大人说的。"

"可是，嗯，他是怎么来的呢？"

"也没什么；据说，他说得很透，举了很多理由；他说，

---

① 暹罗双生子名叫汉格和恩格（1811—1874），曾以盈利为目的在欧美各国巡回展出。

是这么回事，如此这般，大人，因为没有财产，想找点儿事做，尤其有您这样的好领导……总之，该说的都说了，要知道，一切说得都很得体。想必是个聪明人。嗯，当然，是带了介绍信来的；要知道，没介绍信不成……"

"是吗；是谁推荐的呢……我的意思是说，到底是谁插手管这种混账事的呢？"

"是啊。听说，这是一封很有来头的介绍信；听说，司长大人和安德烈·菲利波维奇都笑了。"

"和安德烈·菲利波维奇都笑了？"

"是啊；也不过是微微一笑，说道：好吧，行啊，只要办事认真，他俩没意见……"

"是啊，您说下去。您只救活了我一半，安东·安东诺维奇；求您了——往下说吧。"

"对不起，我对您又有点儿那个……嗯，是的；嗯，不过也没什么；这情况不难理解；我对您说，您不要觉得难堪，这里找不出任何可疑的地方……"

"不。也就是说，我想请问您，安东·安东诺维奇，司长大人没有再补充说什么吗……比如，说我？"

"哪会呢！是啊！嗯，不，什么也没有说；您可以完全放心。

要知道，它，当然，不用说，这情况是相当令人惊奇的，而且起先……比如就拿我说吧，起先我几乎没有看出来。说真的，我也不知道，在您提醒我之前，我怎么就看不出来呢。但是话又说回来，您可以完全放心。什么特别的话也没有说，真的什么也没有说。"好心肠的安东·安东诺维奇从椅子上站起来时又加了一句。

"那么我，安东·安东诺维奇……"

"哎呀，请您多多原谅。我尽顾着聊天了，有件要事，急事。必须马上办理。"

"安东·安东诺维奇！"传来安德烈·菲利波维奇客气的叫声，"司长大人有请。"

"马上，马上，安德烈·菲利波维奇，我马上就去。"于是安东·安东诺维奇抱起一堆公文，先跑到安德烈·菲利波维奇身边，然后又急忙跑进司长大人的办公室。

"这到底是怎么回事呢？"戈利亚德金先生暗自寻思，"原来我们这里在玩这把戏！原来我们这里现在在刮这阵风……这倒不赖；可见，事情有了令人非常愉快的转机。"我们的主人公自言自语道，搓着双手，高兴得心里都乐开了花，"那么说，咱们这事很平常。那么说，一切都将大事化小，小事化了，不了了之。可不嘛，谁也不敢放屁，谁也不敢说什么，这帮强盗只敢规规矩矩地坐着，该做什么做什么；好极了，好极了！我就喜欢好心肠的人，过去就喜欢，并且永远尊敬和佩服……不过，这安东·安东诺维奇，想起来可也有点儿那个……也不能太信任他了：满头白发，老态龙钟。不过最妙和最重要的事是大人什么话也没有说就把这事随随便便放过去了：这太好了！我赞成！不过，安德烈·菲利波维奇干吗要嘻嘻哈哈地横插一杠子呢？这关他什么事？老谋深算，老挡我的道，老是想像只黑猫似的在别人面前横穿过去，①总是挡别人的道和故意为难别人；故意为难别人和故意挡道……"

戈利亚德金先生又环顾了一下四周，又精神抖擞地充满了希望。不过，他还是感到，终究有一个模糊的想法，一个不祥的想法使他不安。他甚至灵机一动，想要亲自过去跟同僚们套套近乎，像只兔子似的跑上前去，甚至（比如下班时，或者走过去，似乎有什么事）在闲谈中暗示一下，比如说什么，诸位，如此这般，真是出奇地像，真乃咄咄怪事，简直是一出丑态百出的滑稽戏——也就是自己先把这一切揶揄一番，借以探测一

---

① 指惹是生非，制造不和。

下危险的深度。"否则,要知道,在平静的深渊里常有魔鬼出没。"我们的主人公想。然而,戈利亚德金先生也只是这样随便想想而已;然而,他及时清醒了过来。他明白,这样做就走得太远了。"你呀,就是这性格!"他用手指轻轻弹了一下自己的脑壳,自言自语道,"一高兴就玩过火了!你也太实心眼儿了嘛!不,咱俩还是少安毋躁为好,雅科夫·彼得罗维奇,先等一等,看看再说!"虽然如此,正如我们已经提到过的那样,戈利亚德金先生又充满了希望,犹如人死了又死而复生似的。"没什么,"他想,"就像胸口压了一块五百普特①重的大石头落了地!瞧这事!而'小匣子'本来是很容易打开的。②克雷洛夫说得对,克雷洛夫说得对……这个克雷洛夫是个行家里手;是个能人,是个伟大的寓言家!至于那家伙,那就让他去当差吧,让他好好当差吧,只要他不妨碍别人、不触犯别人就成;让他去当差吧——我同意,我赞成!"

这时时间在过去,在飞奔,不知不觉敲了四点。衙署下班了;安德烈·菲利波维奇拿起自己的礼帽,照老规矩,大家也都学他的样。戈利亚德金先生拖延了片刻,拖延了必需的时间,

---

① 1普特合16.38公斤。
② 源出克雷洛夫的寓言《小匣子》,意思是轻而易举。

故意比大家走得晚，等大家都已散尽、分道扬镳之后才最后一个走出来。他走到街上，感到自己犹如上了天堂，甚至想绕个弯，去逛逛涅瓦大街。"时也，命也！"我们的主人公说，"事情发生了意料不到的转机。天气也放晴了，又是严寒，又是雪橇。俄罗斯人就喜欢严寒，俄罗斯人就爱冰天雪地。我爱俄罗斯人。雪花飞舞，猎人把这称为初雪；如果这时在初雪上看到一只兔子就好啦！哎呀！不过，也没什么！"

戈利亚德金先生的欢天喜地就是这样表现出来的，然而他脑子里仍有什么东西在挠动，在痒痒，说烦恼不是烦恼——而是有时候感到心一阵收缩，戈利亚德金先生不知道何以自慰了。"不过，咱们还是再等一天吧，到时候咱们就会欢天喜地了。话又说回来，这到底是怎么回事呢？得，咱们来想想，来好好看看。来，我的年轻朋友，让咱们来好好想想。嗯，有个人跟你一样，首先是完全一样。嗯，这又有什么了不得呢？就算有这样的人，那，我就得哭吗？这跟我有什么关系？跟我毫不相干；我吹我的口哨，管他呢！豁出去了，有什么了不起！让他去当差好了！哼，说什么暹罗的双生子，真乃咄咄怪事……哼，干吗非是暹罗的双生子呢？就算他们是双生子吧，但是连伟人有时候看起来也像是怪人。甚至历史书上也载明，著名的苏沃罗夫也学过公鸡叫……嗯，他当时这样做是出于一种策略；还有一些伟大的统帅……不过话又说回来，提统帅干什么？我就是我，如此而已，别人的事我不管，也不想管，我是无辜的，我藐视敌人。我不是阴谋家，并以此自豪。我纯洁、襟怀磊落、为人正派、讨人喜欢、对人宽厚……"

突然，戈利亚德金先生闭上了嘴，噤若寒蝉，像一片树叶一样发起抖来，甚至一时间闭上了眼睛。不过，他希望他感到害怕的那人不过是个错觉，他终于睁开了眼睛，胆怯地斜过眼去看了看右边。不，不是错觉！……他上午认识的那人，正迈着碎步走在他身旁，微笑着，望着他的脸，似乎在等候机会开始同他攀谈。然而，这话还是没有谈起来。他俩就这样走了大约五十步。戈利亚德金先生的全部努力就是尽可能紧地裹在和钻在大衣里，把礼帽尽可能低地扣在眼睛上。更可气的是，甚至他这位朋友的大衣和礼帽也跟他的一模一样，好像刚从戈利亚德金先生身上剥下来似的。

"先生，"我们的主人公终于开口道，极力几乎用低语，而且两眼尽量不看自己的朋友，"咱俩好像不同路吧……我甚至对这一点有把握。"他沉默少顷后说道，"最后，我深信，您完全明白我要说什么。"末了，他又相当严厉地加了一句。

"我非常希望,"戈利亚德金先生的朋友终于开口道,"我非常希望……您能宽宏大量,定能惠予原谅……我不知道我在这里应该去找谁……我的情况——我希望您能恕我冒昧——我甚至觉得,您富有恻隐之心,今天上午对我惠予同情。就我而言,从第一眼起我就对您抱有好感,我……"这时戈利亚德金先生打心眼里希望自己的这个新同僚能一个倒栽葱掉到地缝里去,"如果我敢冒昧提出希望的话,雅科夫·彼得罗维奇,请您俯听卑职一言……"

"我们——我们在这里——我们,最好还是到我那里去吧,"戈利亚德金先生回答道,"咱们现在先到涅瓦大街的街对面去,那里咱俩比较方便,然后走小胡同……咱俩还是走小胡同好。"

"好吧。成啊,就走小胡同。"戈利亚德金先生的谦恭的旅伴胆怯地说,他回答的口气似乎在暗示,他无可挑剔,以他现在的地位能走小胡同就蛮好了。至于戈利亚德金先生,他简直不明白他到底出了什么事。他不相信自己。他还没有从惊愕中清醒过来。

第七章

他在楼梯上，在快要进屋的时候才稍微清醒了点儿。"哎呀！我这是把他往哪儿领呀？这不是自己把脑袋往绞索里套嘛。彼得鲁什卡看见我俩在一起，他会怎么想呢？现在这混账东西胆敢怎么想呢？而他一向多疑……"但是后悔已经晚啦；戈利亚德金先生敲了敲门，门开了，于是彼得鲁什卡开始帮客人和主人脱大衣。戈利亚德金先生捎带着看了看，匆匆瞥了一眼彼得鲁什卡，想极力透过他的面容猜透他的心思。但是使他感到非常吃惊的是，他看到，他那用人根本就没有想要吃惊，甚至相反，似乎他早料到会出现这一类情况似的。当然，就是现在他也虎视眈眈、斜着眼睛看着旁边，仿佛准备吃人似的。"莫非有人对他俩施了妖术，"我们的主人公想，"莫非碰到了什么鬼！今天想必所有的人都肯定起了什么特别的变化。真见鬼，受这洋罪！"戈利亚德金先生一直就这样思前想后，把客人领进自己的房间，并客客气气地请他坐下。看来，客人感到非常拘谨，很胆怯，规规矩矩地注视着主人的一举一动，察言观色，仿佛极力想从他的神态中猜透他的心思似的。在他的所有姿势中都流露出低三下四、逆来顺受和吓破了胆的样子，因而他，如果允许打个比方的话，这时候简直就像一个人因为自己没有衣服而只好穿上别人的衣服：袖子往上吊，腰身几乎顶到了后脑勺，而他则时不时拉拉身上的短坎肩，一忽儿扭着腰，躲躲闪闪，一忽儿又竭力想藏到什么地方去，一忽儿又偷觑别人的眼睛，注意听人家有没有对他的情况说什么，有没有笑话他，有没有替他害臊——这人在脸红，这人在手足无措，他的自尊心受到了伤害……戈利亚德金先生把自己的礼帽放到窗台上；由于放上去的动作不小心，他的礼帽掉到地上了。客人立刻扑过去把礼帽捡了起来，拍干净了土，又小心翼翼地放回原来的地方，他谦卑地坐在椅子的尽边儿上，而把自己的礼帽放在椅子旁边的地板上。这件小事多少打开了戈利亚德金先生的眼睛；他看出这人很穷，因此怎么开口跟自己的客人打交道他也就不再感到为难了，而是随心所欲，想怎样就怎样。客人这方面也没有开口说话，胆怯？有点儿不好意思？还是出于礼貌等主人先开口？——不得而知，要弄清楚也难。这时候彼得鲁什卡走了进来，他站在门口，两眼盯着与客人和主人所在的地方完全相反的另一边。

"开两份饭？"他用嘎哑的嗓子漫不经心地问。

"我，我也不知道……您——对了，伙计，开两份吧。"

彼得鲁什卡走了。戈利亚德金先生看了一眼自己的客人。他那客人的脸一直红到耳朵根。戈利亚德金先生是个善良的人，因此，由于他心地善良，他立刻想出了一个理论："一个穷人，"他想，"而且总共才上了一天班，大概从前受过苦；也许，全部财产就这么一件像样的衣服，自己连吃饭的钱都没有。唉，苦命，受尽了折磨！嗯，没什么；这也许更好……"

"请您原谅，我，"戈利亚德金先生开口道，"不过，请允许我请问阁下台甫？"

"雅……雅……雅科夫·彼得罗维奇。"他的客人几乎压低了声音说，仿佛感到很不好意思，感到惭愧，因为他也叫雅科夫·彼得罗维奇，所以请求他原谅似的。

"雅科夫·彼得罗维奇！"我们的主人公重复了一遍，简直无法掩饰自己的尴尬。

"是的，没错……与您同名同姓。"戈利亚德金先生的谦卑的客人回答道，还冒昧地微微一笑，说了句略带玩笑的话。但是他发现他的主人现在无心开玩笑，便立刻泄了气，摆出一副极其严肃的样子，不过样子多少有点儿尴尬。

"您……请问，因为什么我居然有幸……"

"因为我知道您舍己为人而且德高望重，"他那客人从椅子上微微起立，迅速打断他道，但是声音有点儿胆怯，"因此我才冒昧前来求见，请求您多多关照……"他那客人最后说，显然难以措辞，在挑选用词，让这些话听起来既不过于奉承和低三下四，以致有损自尊，又不至于太大胆放肆，以致有失礼貌，并有平起平坐之嫌。总之可以说，戈利亚德金先生这位朋友的言谈举止，就像一个贵族乞丐，身穿打了补丁的燕尾服，兜里装着贵族护照，但是还没学会怎样向人伸手乞讨。

"岂敢岂敢，"戈利亚德金先生回答道，打量着自己、自己的那四堵墙和客人，"我怎样才能……我的意思是说，究竟在哪方面我能为足下略尽绵力呢？"

"雅科夫·彼得罗维奇，头一眼我就对您有好感，敬请阁下海涵，我曾寄希望于您——冒昧地寄希望于您，雅科夫·彼得罗维奇。我……我在这里人生地不熟，雅科夫·彼得罗维奇，人又穷，吃过很多苦，雅科夫·彼得罗维奇，在这里又是新来乍到。听说您宅心仁厚，天生有一副好心肠，又与我同名同姓……"

戈利亚德金先生皱了皱眉。

"您与我同名同姓，又与我是同乡，所以我才决心前来找您，向您陈述我的困境。"

"好，好；说真的，我也不知道应该对您说什么，"戈利亚德金先生用不好意思的声音回答道，"这样吧，吃了饭咱们再详谈……"

客人鞠了一躬；饭给端来了。彼得鲁什卡摆好了饭桌——于是客人和主人一起开始用饭。用饭的时间不长；他俩匆匆用完饭——主人是因为与往常不同，心情不好，再说饭菜欠佳，觉得过意不去——他之所以觉得过意不去，一部分是因为他本想请客人美餐一顿，而另一部分则因为他想显示一下他的日子过得并不像叫花子。就客人这方面说，他觉得非常不好意思，觉得十分惭愧。有一次，他拿起面包，吃了一块，就不敢伸手再拿第二块了，他不好意思吃好点儿的菜肴，一再声称他根本不饿，而且饭菜好极了，他感到十分满意，他将铭感肺腑，至死不忘。当他们吃完以后，戈利亚德金先生抽起了自己的烟斗，把另一只为朋友预备的烟斗递给了客人——两人面对面坐好以后，客人便开始叙述自己的坎坷经历。

小戈利亚德金先生的故事继续了三四个小时。然而，他那坎坷经历不过由几个最空洞和最不足挂齿的情节组成，如果这也算是情节的话。他讲到他曾在省里的高等法院当差，讲到检察官和法庭庭长，又讲到某些官场阴谋，讲到某位书记官堕落的灵魂，讲到钦差大臣，讲到上司的突然变动，讲到戈利亚德金先生第二怎样横遭无妄之灾；讲到他的年迈的姑妈彼拉盖娅·谢苗诺芙娜；讲到他由于自己的敌人和各种阴谋怎样丢了差事，步行来到彼得堡；讲到他怎样在彼得堡穷困潦倒，怎样长期寻找差事而没有结果，吃光用光，几乎流落街头，吃又干又硬的面包，和着眼泪吞下去，睡在光秃秃的地板上，最后总算遇到个好人，替他斡旋，做了推荐，慷慨地为他安插了一个新差事。戈利亚德金先生的客人一边讲一边哭，用一块非常像漆布的蓝色花手帕擦着眼泪。他最后说，他已经向戈利亚德金先生开诚布公地说明了一切，他承认，他眼下不仅吃住无着，甚至想像像样样地置办一点儿衣服都身无分文；他又加了一句，甚至想省下钱来买双靴子都无能为力，连这身制服也是他向人家借来临时应急的。

戈利亚德金先生被感动了，真正被打动了。话又说回来，甚至于，尽管他的客人的故事是最空洞的故事，但是这故事的每句话还是深深刻印在他的心头，使他如喝琼浆、如饮甘露。问题是，戈利亚德金先生早把自己的最后一点儿疑虑抛诸脑后，敞开自己的胸怀，淋漓酣畅，十分快乐，以致最后自己在思想上使自己成了大傻瓜。这一切都十分自然！方才感到伤心并敲起警钟也是有道理的！嗯，有，的确有一种微妙的情况——其实这也没有什么大不了：它还不至于玷污一个人的名誉，损害一个人的自尊，葬送一个人的前程，因为他本人并没有错，而是时也命也，在劫难逃！再说客人请求关照，客人在哭。客人在抱怨命运，他看上去是那样的单纯，既没有恶意也不会故弄玄虚，他是那么可怜，那么渺小，而且因为他的脸与主人的脸奇怪地相像，仿佛，现在他自己也觉得过意不去，虽然，也许，这另有原因。他的言谈举止十分令人信赖，一副巴结主人的样子，一举一动都好像他受到良心的谴责，深感对不起别人似的。比如说，每当谈到什么可疑之点，客人就马上同意戈利亚德金先生的意见。如果不知道怎么一来弄错了，他的意见竟与戈利亚德金先生相左，后来才发现自己误入歧途，于是就立刻修正自己的言论，并一再解释，让主人立刻明白，他的意思与主人的意思完全一样，他的想法也跟主人完全一样，他对所有事情的看法也同主人完全一致。一言以蔽之，客人竭尽全力巴结戈利亚德金先生，因而戈利亚德金先生最后终于认定，他的客人在所有方面都太可爱了。顺便说说，这时端上了茶；已经八点多了。戈利亚德金先生感到自己的心情好极了，开心起来，而且越想越高兴，越想越来劲，终于同自己的客人畅谈起来，谈得津津有味。戈利亚德金先生谈到兴头上，有时喜欢谈点儿有趣的事情。现在就是这样：他对客人谈了许多——有关京城，有关京城的娱乐活动和美丽的景色，有关剧院、俱乐部以及布留洛夫①的画呀，等等；又谈到，有两个英国人特意从英国来到彼得堡，就为了看看夏园的栅栏墙②，看完就立刻走了；接着又谈到官衙里的差事，谈到奥尔苏菲·伊万诺维奇，谈到安德烈·菲利波维奇；后来又谈到俄罗斯正日新月异、越来越完美了，而且这里的语文科学如今正姹紫嫣红、百花盛开；他又谈到他不久前在《北方蜜蜂》上读到的一则趣闻，说印度有一种蟒蛇，力大无比；最后又谈到勃兰别乌斯男爵③，等等，等等。总之，戈利亚德金先生十分满意，首先，因为他完全放心了；其次，因为他不仅不怕自己的敌人，甚至现在还准备向他们所有的人提出挑战，跟他们进行最坚决的战斗；最后，他自己以身作则，给别人照顾，终于做了一件好事。然而，他在自己心里还是意识到，眼下他还不算十分幸福，他心中还有一条小虫（不过这虫很小很小）甚至现在还在啃咬他的心。一想到昨天

---

① 布留洛夫（1799—1852），俄国著名画家，他的名画《庞贝的末日》于1834年完成于意大利，后由他携回彼得堡，在美术学院展出，曾引起国内外的强烈反响，好评如潮。
② 夏园坐落在彼得堡，始建于1704年，园中有彼得一世的夏宫。该园有许多大理石雕像、亭台楼阁以及精美雅致的金属围墙。
③ 勃兰别乌斯男爵是先科夫斯基的笔名，曾创建当时很受读者欢迎的大型月刊《读者文库》。

奥尔苏菲·伊万诺维奇家的晚会,他就非常痛苦。如果能不发生昨天发生的某些事,他现在真愿意付出高昂的代价。"不过,这也没什么!"我们的主人公最后想道,并在心中拿定主意今后一定要好自为之,再不要出这样的纰漏了。戈利亚德金先生现在太兴奋了,竟突然变得几乎幸福极了,因而灵机一动,甚至想要优哉游哉地享受一下生活了。先是让彼得鲁什卡拿来了罗姆酒,接着又配好了潘趣酒①。客人与主人先干了一杯,接着又干了第二杯。客人变得比早先更可爱了,不但一再显示出他心情直爽和脾气好,深深赢得了戈利亚德金先生的欢心,似乎,他仅仅以主人的快乐为快乐,把主人看成他的真正的和唯一的恩人。他拿过一支笔和一小张纸,请戈利亚德金先生不要看着他写什么,然后,等他写完了,才主动把自己所写的东西拿给主人看。原来这是一首四行诗,写得声情并茂,文体和字体都十分优美,看来,是这位可爱的客人自己的创作。这诗如下:

纵然你把我遗忘,

我也不会忘记你;

---

① 潘趣酒是由酒和果汁配制而成的混合饮料。

人生无常，

君毋忘我！①

戈利亚德金先生双眼噙着泪花拥抱了自己的客人，由于深受感动和铭感肺腑，终于他自己也把他的某些秘密和隐私坦诚地告诉了自己的客人，而且言谈间还着重谈了安德烈·菲利波维奇和克拉拉·奥尔苏菲耶芙娜。"我说雅科夫·彼得罗维奇，咱俩会成为好朋友的，"我们的主人公对自己的客人说，"雅科夫·彼得罗维奇，咱俩将会相处得如鱼得水，将会像亲兄弟一样；好朋友，咱们来玩点儿花样，一起来玩点儿花样；咱们也可以耍阴谋，给他们出难题……搞点儿阴谋来为难为难他们。你千万不要相信他们中的任何人。雅科夫·彼得罗维奇，你这人我是知道的，你的性格我也一清二楚；一有事你就会全讲出来，你这人呀就是太老实了！我说兄弟，你要躲着他们大家点儿。"客人完全同意戈利亚德金先生的意见，向戈利亚德金先生道了谢，最后竟感动得潸然泪下。"我说雅沙②，你知道吗，"戈利亚德金先生用发抖的、软绵绵的声音继续道，"我说雅沙，

---

① 这是当时俄国贵族女子中学学生中流行的彼此题赠的话。
② 雅沙是雅科夫的昵称。

你就住在我这儿吧，暂时住住或者永久住下去都随你。咱俩会成为好朋友的。我说兄弟，你意下如何，啊？你不要不好意思，也不要抱怨咱俩之间现在居然出现这样奇怪的情况：抱怨是罪过，兄弟；这是造化使然！而造化母亲是慷慨的，就这么回事，雅沙兄弟！我说这话是因为我爱你，像亲兄弟一样爱你。雅沙，咱俩可以玩点儿花样，咱们也来挖他们的墙脚，把他们比下去。"终于，两人都喝到了第三杯和第四杯潘趣酒，这时戈利亚德金先生开始体验到两种感觉：一种感觉是非同寻常的幸福，另一种感觉是两条腿已经站不稳了。不用说，客人接受了在此留宿的邀请。床则由两排椅子马马虎虎拼凑而成。小戈利亚德金先生声明，在友人之家，哪怕睡在光秃秃的地板上也觉得软绵绵的，至于他自己，他随遇而安，哪儿都睡得着，而且他悉听尊便和感激不尽；至于现在，他就好像进了天堂，说到底，他这辈子简直是历尽坎坷，历经许多不幸和痛苦，什么都看到了，什么都尝到了，而且——谁知道将来会怎样呢？——也许将来还要经历许多痛苦。大戈利亚德金先生对这样的说法提出抗议，并开始论证应当把全部希望寄托于上帝。客人完全同意，并且说，这是不消说的，谁也不会像上帝那样。这时大戈利亚德金先生指出，土耳其人就某方面来说是对的,他们甚至在梦中还呼唤真主的名字。然后，戈利亚德金先生表示他不同意某些学者加诸土耳其先知穆罕默德的某些诽谤，承认他在某方面还是位伟大的政治家，接着他又转而对阿尔及尔理发店进行十分有趣的描写，这是他在一本杂志的杂谈栏①读到的。客人和主人对土耳其人的忠厚老实大笑不止；然而也不能不对他们由抽鸦片而引起的狂信感到惊叹……客人终于开始脱衣服了，戈利亚德金先生则走出来，到隔壁的小屋去，一部分也是因为他心地善良，也许这人连像样的衬衫都没有，不要使一个本来已经遭受了许多苦难的人再感到害羞了，另一方面也多少是为了尽可能了解一下彼得鲁什卡，试探他一下，如果可能的话，则让他高兴高兴，对他说几句体己话，让大家都感到幸福，不要让桌上还留下撒下的盐。②必须指出，彼得鲁什卡还是让戈利亚德金先生有点儿放心不下。

"我说彼得③，你现在躺下睡觉吧，"戈利亚德金先生走进自己用人的小屋，和蔼地说道，"你现在躺下睡觉吧，明天八点钟叫醒我。明白吗，彼得鲁什卡？"

戈利亚德金先生说得异乎寻常地和蔼与亲切。但彼得鲁什

---

① 杂志指《读者文库》，杂谈栏指该杂志的一个栏目，登载的多半是从国外的书籍和报刊上选录的趣事。
② 指不要留下什么不尽如人意的地方。
③ 彼得是彼得鲁什卡的正式称呼。

卡不吭气。这时他正在收拾自己的床铺，甚至都没有向自己的主人回过头来，即使仅仅出于对主人的尊敬也应当这样做嘛。

"彼得，我的话你听见了没有？"戈利亚德金先生继续道。"你现在就躺下睡觉，而明天，彼得鲁沙①，你在八点钟叫醒我；你懂吗？"

"记住啦，这有什么难懂的？"彼得鲁什卡瓮声瓮气地嘟囔道。

"好，那就对啦，彼得鲁沙；我说这话不过是为了让你放心和感到幸福。现在祝你晚安。睡吧，彼得鲁沙，睡吧；我们大家都应当尽自己的力……要知道，伙计，千万不要胡思乱想……"

戈利亚德金先生刚开了个头就打住了。"不会说过头吧，"他想，"我不会扯得太远吧？我一向都这样；我一向口没遮拦，胡说一气。"我们的主人公从彼得鲁什卡那儿出来时对自己非常不满意。再说，彼得鲁什卡的粗鲁和不听话也使他有点儿恼火。"讨这混账东西的好，老爷给这混账东西面子，居然不识抬举，"戈利亚德金先生想，"话又说回来，这帮东西都是这种下流脾气！"他身子多少有些摇晃地回到自己的房间，他看见

---

① 彼得鲁沙是彼得的昵称。

他的客人已经完全躺下了，就在他的床头稍坐了片刻。"雅沙，你得承认，"他低声道，脑袋在嗡嗡响，"你这下流坯，你对不起我，知道吗？你跟我同名同姓，你可知道，那个……"他继续道，相当亲昵地逗弄着自己的客人。戈利亚德金先生终于跟他友好地道了别，睡觉去了。这时客人打起了呼噜。戈利亚德金先生也开始躺进被窝，然而却笑嘻嘻地、自言自语地低声道："你今天醉啦，我的宝贝，雅科夫·彼得罗维奇，你真是个下流坯，你真是个穷光蛋——你就姓穷光蛋嘛！！哎呀，你高兴什么呢？明天有你哭的，你这厌包：我拿你怎么办呢！"这时戈利亚德金先生全身蓦地产生一种相当奇怪的感觉，既像怀疑，又像后悔。"我太兴奋了，"他想，"瞧，脑子在嗡嗡响，我醉了；撑不住了，你呀，真是个大傻瓜！说了三大筐废话，混账东西，还想玩花样呢。当然，原谅和忘掉个人恩怨是最大的美德，不过这终究不好！就这么回事！"这时，戈利亚德金先生又微微坐了起来，拿起蜡烛，蹑手蹑脚地再一次过去看了看他那睡着的客人。他在客人身旁站了很久，陷入沉思。"这幅画面令人不快！一纸谤文①，纯粹的谤文，而且就此完事大吉！"

---

① 指小戈利亚德金与他相貌酷似，乃是对他的讽刺和诽谤。

戈利亚德金先生终于完全躺下了。他的脑袋在嗡嗡响,好像要裂开似的。他开始渐渐昏睡过去……他竭力想考虑点儿什么,竭力想回忆起某件非常有趣的事,竭力想解决某件非常重要而又十分棘手的事——但是办不到。睡神飞上了他倒霉的脑袋,他一下子沉睡过去,就像通常人们在某个友好的晚会上忽然喝了五大杯潘趣酒,由于不习惯而倒头睡着了似的。

第八章

第二天，戈利亚德金先生像往常一样在八点钟醒来；他醒来后，立刻想起昨晚发生的一切——想起后皱了皱眉头。"哎呀，我昨天还真当了一回大傻瓜！"他想，从床上欠起身子，瞅了一眼自己客人的床铺。但是定睛一看，不但客人不在房间，连客人睡觉的床铺也不翼而飞了，这真使他吃惊不小！"这是怎么回事？"戈利亚德金先生差点儿没有叫出来，"这到底怎么回事呀？眼下出现的这新情况究竟是什么意思呢？"正当戈利亚德金先生莫名其妙、张大了嘴、望着腾空了的地方时，门"嘎吱"一响，彼得鲁什卡端着茶盘进来了。"上哪儿了呢，上哪儿了呢？"戈利亚德金先生用手指指着昨天请客人睡觉的地方，用勉强听得出的声音问道。彼得鲁什卡先是不置一词，什么也不回答，甚至都不看自己的主人，而是把自己的眼睛转过去看着右边的一个角落，因而戈利亚德金先生自己也不得不瞅了一眼右边那个角落。然而，彼得鲁什卡在沉默少顷之后，却用嘎哑而又粗鲁的嗓子答道："老爷不在家。"

"你这傻瓜，我不就是你老爷吗，彼得鲁什卡。"戈利亚德金先生用短促的声音说道，瞪大了眼睛盯着自己的用人。

彼得鲁什卡什么也不回答，但是用这样一种神态看了看戈利亚德金先生，看得他的脸都红了，一直红到了耳朵根——他看人的那神态带有一种侮辱性的责备，简直像在骂人。戈利亚德金先生，正如常言所说，被他看得都泄了气。最后彼得鲁什卡才说，另一位已经走了一个半小时，不肯再等下去了。当然，这回答是可以设想的，是合乎情理的；看得出来，彼得鲁什卡没有撒谎，他那侮辱性的目光和他使用的"另一位"这词，仅仅是某种可憎可鄙的情况的结果；但是他终究懂得，虽然很模糊，这里有什么情况不大对头，命运还给他准备了一件什么礼物，一件不完全令人愉快的礼物。"好吧，咱们等着瞧吧，"他暗自寻思，"咱们会看到的，咱们会及时弄清楚这一切的……啊，主啊，我的上帝啊！"最后他哀叹道，声音也完全变了，"我干吗要请他来呢？我为什么要这样做这一切呢？真是自己把脑袋往他们的骗人的圈套里钻，而且这圈套还是我自己编织的。唉，你呀，真是个大笨蛋，大笨蛋！你就不能忍一忍，你就不能管住点儿你那张臭嘴，简直像个小孩子，小办事员，没有官场经验的窝囊废，破布头，烂布头，好搬弄是非的人，好多嘴多舌的臭娘儿们！……圣徒们啊！这骗子还写了一首诗，还向我倾吐爱慕之情！怎么办呢，那个……如果那个骗子回来了，怎么比较稳妥地向他下逐客令呢？当然，手段很多，办法不少。比如说，如此这般，我的薪俸有限……或者用什么办法吓唬他一下，比如说，我把什么什么都考虑过了，不得不说明一下……比如说，必须付一半的房租和饭钱，而且钱要预付。唔！不成，真见鬼，不成！这会败坏我的名誉的。这样做不够委婉！除非想个办法这么办：先让彼得鲁什卡开开窍，让彼得鲁什卡给他来个不痛快，怠慢他，粗暴地对待他，用这办法请他滚蛋？最好让他俩在一起狗咬狗……不成，真见鬼，不成！这危险，再说，如果从这个观点看——嗯，这根本不好！根本不好！嗯，要是他不来呢？这也不好吗？昨晚我对他胡说了一气！……哎呀，糟了，糟了！哎呀，咱们这事可有点儿不妙啦！哎呀，我这笨蛋，我这该死的笨蛋！你就不能把这道理死死地记住，你就不能把这道理牢记在心吗！嗯，要是他来了，他不肯，怎么办？主啊，保佑我，让他来吧！如果他来了，我会非常高兴的；如果他来了，我会谢天谢地的……"戈利亚德金先生暗自寻思道，一面喝茶，一面不断看着墙上的挂钟，"现在九点差一刻；该是上班的时候了。肯定会出什么事；会出什么事？我倒想知道，这里到底隐藏着什么特别的机关——他们到底有什么目的、意图，到底想捣什么鬼呢？所有这些人到底想干什么，他们头一步准备怎么走，我能知道就好啦……"戈利亚德金先生再也忍受不了啦，他撂下没有抽完的烟斗，穿好衣服，上班去了，他想防患于未然，如果可能的话，他想亲自去看一看，听一听，弄清楚一切。危险是有的：他自己也知道有危险。"那咱们就来把它……弄清楚，"戈利亚德金先生一面把大衣和套鞋脱在前厅，一面说，"那咱们就立刻来把这些事弄个一清二楚。"我们的主人公拿定主意这样行动之后，便整理了一下仪表，摆出一副体面而又像样的外表，刚要走进一旁的房间，这时突然，昨天的新相识，他的良朋与挚友，在房门口与他撞了个满怀。小戈利亚德金先生好像没有发现大戈利亚德金先生似的，虽然几乎跟他鼻子碰着了鼻子。小戈利亚德金先生似乎很忙，忙着到什么地方去，走得气喘吁吁；他那一副俨乎其然、精明能干的样子，似乎，任何人一看到他那张脸都会认定：——"上峰差遣，另有任务……"

"啊，是您呀，雅科夫·彼得罗维奇！"我们的主人公抓住自己昨天的客人的胳膊道。

"以后，以后，对不起，以后再说。"小戈利亚德金先生向前挣扎着，叫道。

"不过，对不起；雅科夫·彼得罗维奇，您好像想要，那个……"

"什么事？您有话快说。"这时戈利亚德金先生昨天的客人才似乎勉强停下来，不乐意地把自己的一只耳朵一直伸到戈利亚德金先生的鼻子跟前。

"告诉您，雅科夫·彼得罗维奇，您这种态度使我感到惊奇……这种态度，看来，完全出乎意料。"

"办任何事情都有一定之规。先去找大人的秘书，然后再按规矩去找办公厅主任。有呈文吗？……"

"我真不知道说您什么好了，雅科夫·彼得罗维奇！您简直使我惊讶，雅科夫·彼得罗维奇！您大概不认识我了吧，要不就是在跟我开玩笑，由于您那天生的快乐性格。"

"啊，是您呀！"小戈利亚德金先生说，似乎刚刚看清大戈利亚德金先生，"那么说，这是您？嗯，怎么样，昨天睡得好吗？"这时小戈利亚德金先生微微一笑——俨乎其然和正经八百地微微一笑，虽然这完全有悖人之常情（因为不管怎么说，他总是欠了大戈利亚德金先生一笔人情债）——总之，他俨乎其然和正经八百地微微一笑之后，又加了一句，说什么戈利亚德金先生睡得很好让他也感到非常高兴；然后他微微一鞠躬，在原地踏着碎步，东张西望了一会儿，然后又垂下眼睛看着地面，瞄准一侧的房门，急促地小声说，他另有差遣，接着便一溜烟进了隔壁屋子。一下子不见了。

"原来是这么回事！……"我们的主人公呆立了片刻，悄声道，"原来是这么回事！原来这里的情况是这样！……"这时戈利亚德金先生感到不知道为什么身上起了一阵鸡皮疙瘩。"不过，"他一面悄悄地向自己的科走去，一面继续自言自语道，"不过，关于这种情况我不是早说过了吗；我早就已经预感到他肯定会另有差遣——昨天我就说过，这人肯定会另有差遣，肯定会受到上级重用的……"

"雅科夫·彼得罗维奇，您昨天的那份公文拟好了吗？"安东·安东诺维奇问坐在他身旁的戈利亚德金先生，"它在您这里吗？"

"在这里。"戈利亚德金先生低声道，多少带有一点儿心慌意乱的神态望着自己的股长。

"那就好。我之所以说这话，是因为安德烈·菲利波维奇已经问过两三次了。说不定司长大人随时要……"

"不，拟好了，……"

"那敢情好。"

"安东·安东诺维奇，我似乎一直恪尽职守，上级交给我的任务我总是热心去完成，尽心尽力地去做。"

"是啊。嗯，您这话要说明什么呢？"

"我没什么,安东·安东诺维奇。我不过想说明,我……就是说我想表示,有时候居心叵测和嫉妒是从不饶过任何人的,总想在鸡蛋里挑骨头……"

"对不起,我听不大懂您的话。就是说,您现在在含沙射影地指什么人吧?"

"就是说,安东·安东诺维奇,我只是想说,我走的是正道,而走歪门邪道我是瞧不起的,我不是阴谋家,容我说句大言不惭的话,对此,我理应感到自豪……"

"是的。这都言之有理,而且,就愚见所及,我认为您的看法完全正确;不过允许我向您指出一点,雅科夫·彼得罗维奇,在上流社会,个性并不是完全被允许的;比如说,背地里说我坏话,我可以忍受——因为背地里谁不挨骂呢!——但是当面,那就随您怎么看了,比方说,我是不允许别人对我放肆的。先生,我为国效劳,已经白发苍苍,我绝不允许有人当我垂垂老矣还敢对我放肆无礼……"

"不,我,安东·安东诺维奇,您,您瞧,安东·安东诺维奇,您似乎,安东·安东诺维奇,您似乎还没完全明白我的意思。而我,哪能呢,安东·安东诺维奇,就我这方面来说,只能认为这是您给我面子……"

"我也要请您对我们海涵。我们学的是老一套。要学你们那一套新玩意儿，我们已为时晚矣。在为祖国服务上，我们理解的这点儿东西，似乎至今也够用了。先生，您自己也知道，我有一枚二十年辛勤工作无过错的奖章……"

"我感同身受，安东·安东诺维奇。这一切我也深有体会。但是我要说的不是这意思，我说的是假面具，安东·安东诺维奇……"

"假面具？"

"就是说您又……我担心您在这里又把意思弄拧了，把我说这话的意思又给弄拧了。我只是点出题目，还没讲到内容，安东·安东诺维奇，我的意思是说，那些戴假面具的人变得并不罕见了，现在要识破假面具、认识一个人也难……"

"嗯，要知道。说难也不十分难。有时候还相当容易，有时候还根本用不着兜来兜去的。"

"不，安东·安东诺维奇，您知道吗，我是说，我是说我自己，比如说，我也戴假面具，便仅仅是在需要戴假面具的时候，就是说仅仅为了参加化装大联欢和同乐会，这是取这话的直意，可是我并非每天都在别人面前戴假面具，那是取这话的另一层比较含蓄的意思。这就是我要说的，安东·安东诺维奇。"

"好啦，咱们先不谈这个了；再说我也没工夫。"安东·安东诺维奇说，从自己的座位上站了起来，一面收拾一些文件准备去向司长大人报告，"我看，您的事不会拖延，到时候会见分晓的。您将会亲自看到您该责怪谁，责备谁。其次，我恳请阁下以后不要再跟我谈那些私人的、有碍公务的话以及闲言碎语了……"

"不，我，安东·安东诺维奇，"脸色有点儿发白的戈利亚德金先生冲正在离去的安东·安东诺维奇的背影开口道，"安东·安东诺维奇，我那个，根本就没想。""这到底是怎么回事呢？"我们的主人公剩下一个人的时候已是自言自语地继续道，"这里刮的这风到底是怎么回事呢？这新的故意刁难究竟是什么意思呢？"正当我们的主人公心慌意乱、半死不活地准备解决这个新问题的时候，隔壁房间里突然传来一阵喧哗，说明那里正在进行某种公务活动，房门推开了，在此以前刚离开这里有事去司长大人办公室的安德烈·菲利波维奇，突然气喘吁吁地出现在房门口，喊了一声戈利亚德金先生。戈利亚德金先生知道找他有什么事，同时不想让安德烈·菲利波维奇久等，便从自己的座位上跳起来，立刻七手八脚地忙乱起来，把司长大人要的一沓文稿准备妥当和彻底归拢好，准备亲自随同文件底稿和安德烈·菲利波维奇一起到司长大人的办公室去复命。突然，小戈利亚德金先生几乎就从当时站在房门口的安德烈·菲利波维奇的胳肢窝下面钻进了房间，他忙忙叨叨、气喘吁吁，忙于公务，来回奔波，一副神气活现、俨乎其然的样子，向大戈利亚德金先生这边冲了过来，而大戈利亚德金先生万万没有料到他会受到这样的袭击……

"文稿，雅科夫·彼得罗维奇，文稿……大人索要文稿，您准备好了吗？"大戈利亚德金先生的这位朋友放低了声音，像开机关枪似的一迭连声地问道，"安德烈·菲利波维奇在等您呢……"

"您不说我也知道他在等我。"大戈利亚德金先生也跟开机关枪似的低声道。

"不，雅科夫·彼得罗维奇，我不是这意思；雅科夫·彼得罗维奇，我完全不是这意思；我同情您，雅科夫·彼得罗维奇，我是受同情心驱使。"

"这种同情心还是请您给免了吧。对不起……"

"您想必要用封套把这文稿装起来吧，雅科夫·彼得罗维奇，不过第三页请您夹张书签，对不起，雅科夫·彼得罗维奇……"

"对不起，您到底……"

"不过这里有个墨点,雅科夫·彼得罗维奇,您发现墨点了吗?……"

这时,安德烈·菲利波维奇第二次喊了戈利亚德金先生一声。

"马上,安德烈·菲利波维奇;我还有点儿小事,就这里……先生,您懂俄国话吗?"

"最好用小刀刮掉,雅科夫·彼得罗维奇,您还是交给我办得了;您最好自己别动,雅科夫·彼得罗维奇,交给我——我只要用小刀在这里……"

安德烈·菲利波维奇第三次叫了戈利亚德金先生一声。

"得了吧,这里哪儿来的墨点呢?您看,似乎,这里根本就没有墨点呀?"

"一个很大的墨点,这不是!瞧,对不起,我在这里看见了;这不是,对不起……您只要让我,雅科夫·彼得罗维奇,我在这里用小刀稍稍一刮,我是出于同情,雅科夫·彼得罗维奇,用小刀也是出于真心……就这样,事情就了了……"

这时,完全出乎意料,小戈利亚德金先生在他与大戈利亚德金之间发生的刹那间的战斗中,突然不知怎么一来竟战胜了大戈利亚德金先生,反正不管怎么说,他竟完全违背大戈利亚德金先生的意志，掌握了上峰索要的文稿，他根本没有像背信弃义地劝说大戈利亚德金先生那样出于一片真心用小刀将文稿上的墨水点刮掉，而是把这文稿很快卷了起来，夹在腋下，三步并作两步地出现在根本没有发现他的任何把戏的安德烈·菲利波维奇身旁，并跟他一起飞也似的进了司长办公室。大戈利亚德金先生呆若木鸡地站在原地，手里拿着小刀，似乎正准备用这把小刀刮什么东西似的……

我们的主人公还没有完全弄清自己的新情况。他还没有清醒过来。他感到受了打击，但他以为这不过是区区小事。他终于在可怕的、难以形容的烦恼中拔脚离开了原地，径直冲向司长的办公室。然而一路上他又祝祷上苍，但愿这一切能够大事化小、小事化了，顺利过关，不要闹出什么乱子来……跑到司长办公室前的最后一个房间，他突然跟安德烈·菲利波维奇以及和自己同名同姓的那人面对面地碰上了。他们俩已经回来了：戈利亚德金先生往一边靠了靠。安德烈·菲利波维奇在快乐地又说又笑。与大戈利亚德金先生同名同姓的那人也笑容可掬地与安德烈·菲利波维奇保持一定距离，在他身旁逢迎讨好，踏着碎步，还带着一副兴高采烈的模样向他耳语着什么，对此，安德烈·菲利波维奇十分赏识地连连点头。我们的主人公一下子明白了事情的全部原委。问题在于，他办理的那份文稿（这是他以后才知道的）几乎使司长大人喜出望外，的确赶在规定的日期以前完成了，而且完成得很及时。司长大人非常满意。甚至据说，大人还表扬了小戈利亚德金先生，大大表扬了他一番，还说：如有机会一定会想到他，绝不会忘记他……不用说，戈利亚德金先生做的头一件事就是提出抗议，使出浑身解数提出抗议，不遗余力地提出抗议。他几乎忘乎所以地冲到安德烈·菲利波维奇面前，脸色苍白，白得像死人一样。但是安德烈·菲利波维奇听到戈利亚德金先生谈的是私事，便拒绝听下去，断然道，他忙得很，没有一分钟空闲来满足个人的需要。

语气的冷漠和拒绝的坚决使戈利亚德金先生吃了一惊。"还不如我另想他法，我还不如去找安东·安东诺维奇。"也活该戈利亚德金先生倒霉，安东·安东诺维奇偏偏不在：也不知他上哪儿去了，在忙什么事。"难怪他不肯听别人的解释和议论，原来无风不起浪！"我们的主人公想，"原来指这事——真是老谋深算！既然这样，我只好冒昧去恳求司长大人了。"

戈利亚德金先生的脸色依旧一片苍白，感到整个脑袋都要裂开似的，实在拿不准采取什么办法才是上策，于是便坐到椅子上。"如果这一切仅仅到此为止，那就好多了。"他不断地暗自思忖,"确实,这类居心叵测的事甚至是根本不可思议的。首先,这荒谬绝伦;其次,不可能发生这样的事。这可能是阴差阳错产生的一种幻觉,或者出了一件别的什么事,而不是真发生了那事;或者,大概,这是我自己去的……又阴差阳错地把自己完全当成了另一个人……总之,这是一件完全不可能的事。"

正当戈利亚德金先生认定这是一件完全不可能的事的时候,小戈利亚德金先生两手捧着、腋下夹着一大撂文稿飞也似的进了房间。小戈利亚德金先生顺便对安德烈·菲利波维奇说了两句必要的话,跟这个交谈几句,跟那个寒暄片刻,又跟某人套了套近乎,看来他根本就没有多余时间来做这种无谓的应酬,似乎他已经准备要走出房间了,但是,也是大戈利亚德金先生运气,他又在房门口停了下来,顺便跟两三个正好出现在这里的年轻官吏攀谈了起来。大戈利亚德金先生急忙向他跑了过去。小戈利亚德金先生刚刚看到大戈利亚德金先生这副架势,便立刻十分不安地开始东张西望:该赶紧向哪儿溜。但是我们的主人公已经抓住他昨天那位客人的袖子。围着这两位九品官的其他官吏急忙让开了道,好奇地等着看下文。那位老九品官很清楚,现在人们的好感不在他这方面,他很清楚,现在人们正在暗算他:因此他更需要挺起腰杆来。现在是千钧一发的决定性时刻。

"有什么事?"小戈利亚德金先生说,相当放肆地望着大戈利亚德金先生。

大戈利亚德金先生气得上气不接下气。

"先生,"他开口道,"我不知道您现在怎么来解释您对我的这种古怪行为。"

"怎么啦。接着说呀。"这时,小戈利亚德金先生环视了一下四周,向围观的官吏们挤了挤眼睛,似乎在向他们示意,滑稽戏马上要开场了。

"先生,您现在对我耍的这套手腕的放肆与无耻……比我要说的话更加有力地揭露了您的为人,不要指望您耍的这套把戏了:这把戏很拙劣……"

"好吧,雅科夫·彼得罗维奇,现在请您告诉我,您昨晚睡得怎么样?"小戈利亚德金先生回答道,直视着大戈利亚德金先生的眼睛。

"先生,您忘乎所以了,"这位已经完全心慌意乱了的九品官差点儿站不住了,"我希望您能改变一下说话的腔调……"

"我的心肝!!"小戈利亚德金先生向大戈利亚德金先生挤眉弄眼,做了一个相当不成体统的鬼脸,说道,说完又突然,完全出乎意料地摆出一副亲热的样子，伸出两个手指头，捏了捏他那圆圆的右边的面颊。我们的主人公陡地像着了火似的，满脸涨得通红……大戈利亚德金先生的这位朋友一发现他的对手四肢发抖，气得说不出话来，脸红得像只大虾米，终于被弄得发昏，甚至可能对他贸然发动正式进攻，于是他就立刻以最无耻的方式抢在他头里，先下手为强。小戈利亚德金先生又两三次拍了拍他的脸蛋，呵了他两三次痒痒，逗了他几秒钟，把他气得发疯，站在那里一动不动，这简直把在一旁围观的年轻人乐坏了。最后，小戈利亚德金先生又以一种令人愤慨的无耻举动弹了一下大戈利亚德金先生的高高隆起的肚子，随即又用一种最恶毒、别有所指和含意深远的微笑对他说道："办不到，伙计，雅科夫·彼得罗维奇，办不到！咱俩来玩个花样，雅科夫·彼得罗维奇，玩个花样吧。"接着，在我们的主人公还没来得及从最后一次袭击中渐渐清醒过来之前，小戈利亚德金先生突然（不过预先对围观的群众递去一个微笑）摆出一副日理万机的大忙人般一本正经的神态，垂下眼睛，看着地面，整容敛衽，迅速说了一句"另有差遣"之后，便把自己的短腿一蹬，匆匆走进了隔壁的屋子。我们的主人公不相信自己的眼睛，还始终无法清醒过来……

他终于清醒了过来。霎时间意识到他完了，在某种意义上他已经完蛋了，他玷污了自己的形象，败坏了自己的名誉，他当着不相干人的面被当众嘲笑，横加侮辱，而背叛他、侮辱他的人竟是他昨天还认为是他最要好、最可靠的朋友的那主儿，最后，他还出尽了洋相，丢尽了脸——戈利亚德金先生急忙去追赶自己的敌人。在当前这时刻，他已经连想都不愿想他遭人侮辱的那些目击者了。"这都是互相串通好了的，"他自言自语道，"彼此撑腰，互相怂恿，加害于我。"但是才追出去十步，我们的主人公就清楚地看到，一切追击都没有用，都白费力气，因此又回来了。"你跑不了，"他想，"到时候你会遭到报应的，将会向狼流下羊的眼泪。"戈利亚德金先生带着愤恨的冷静和最果断的决心走到椅子跟前，在椅子上坐了下来。"你跑不了！"他又自言自语道。现在已经不是什么消极防御的问题了：现在弥漫着决斗的气氛，是进攻，谁在这时候看到戈利亚德金先生面红耳赤，强忍住心头的激动，看到他把笔尖戳到墨水瓶里，在纸上奋笔疾书，那人已经能够预先断定，这事是绝不会善罢甘休的，绝不会简简单单用娘儿们的方式了结。他在内心深处已经做出决定，并在私心深处发誓非照此办理不可。说实话，他还不十分清楚他应该怎么办，或者不如说，他根本不知道他应该怎么办；不过反正一样，没什么！"先生，冒名顶替和恬不知耻，在咱们这个时代，是不可能有所作为的。冒名顶替和恬不知耻，先生，是不会有好果子吃的，只会上绞刑架。先生，欺骗盲目的民众，靠冒名顶替而取得成功的只有格里什卡·奥特列皮耶夫①一人，而且也为时不长。"尽管发生了最后这一情况，戈利亚德金先生还是决定先等一等，等假面具从某些人的脸上掉下来，某些事情暴露出来以后再说。为此，必须首先做到让上班时间尽快结束，而在此以前我们的主人公决定暂不采取任何行动。然后，等到上班时间一结束，他就要采取一个措施。采取这个措施之后，那时他就知道该怎么办，该怎么安排他的整个行动计划，来折断那个人的骄傲的犄角，来踩死那条在无可奈何中只好啃食泥土的毒蛇了。②

让人家把自己当成一块破布头擦来擦去，就像擦脏靴子那

---

① 格里什卡·奥特列皮耶夫（约1581—1606），俄国楚多夫修道院修士，曾假冒皇储德米特里之名，僭称为皇（1605—1606），后来在贵族发动的宫廷政变中被击毙。
② 源出普希金的悲剧《莫扎特与沙莱里》第一场中沙莱里的独白。这句话是对原文的改头换面的讽刺性模拟。原文是：
　　谁能说，骄傲的沙莱里
　　是个嫉妒成性的可鄙的人，
　　是一条被人践踏的毒蛇，它只能活活地、
　　无可奈何地啃食着沙土和灰尘。

样，戈利亚德金先生是不干的。他不能同意人家这样作践他，尤其在当前的情况下。要是没有最后这场侮辱，我们的主人公说不定还会忍气吞声，也许他还会保持沉默、暂时屈服，也不会太固执地非提出抗议不可；只是马马虎虎地争论一下，稍许声明一下，论证一下他也有资格，然后就稍许做点儿让步，然后，说不定再稍许做点儿让步，然后就表示完全同意，然后，尤其在对方郑重其事地承认他也有资格的时候，然后甚至会言归于好也说不定，甚至会稍许受到感动，甚至——谁说得准呢——也许，新的友谊，牢固而又热烈的友谊，比昨天的友谊还要深厚的友谊，又会复活，因而这友谊完全能够遮盖因两人的面貌十分不成体统地相似而产生的不愉快，因而使这两位九品官十二万分地高兴，并且还会兴高采烈地终于活到一百岁，等等，等等。我们干脆把什么都说了吧：戈利亚德金先生甚至开始有点儿后悔了，悔不该替自己和替自己的资格说话，因而惹来一身骚。"只要他屈服，"戈利亚德金先生想，"只要他说他是开玩笑——我就原谅他，只要他大声承认这一点，我甚至可以比原谅还更进一步。但是把我像块破布头似的擦来擦去，我绝不答应。比他强的人我都不让他们把我擦来擦去，更不用说让这道德败坏的人为所欲为了。我不是破布头；先生，我不是破布头！"总之，我们的主人公打定了主意，"先生，这都怪您自己！"他打定主意要提出抗议。他就是这样一个人！让人家来欺负自己，他是无论如何不会同意的，何况还让人家把自己当作破布头来擦来擦去，甚至于还让一个道德完全败坏的人这么干，他就更不干了。不过话又说回来，我们也无意争论。如果有人想要，比如说，如果有人硬要把戈利亚德金先生变成一块破布头，要变就变呗，既不反抗，也不会受到惩罚（有时候戈利亚德金先生自己也感觉到了这一点），于是一块破布头就出来了，戈利亚德金成了不是戈利亚德金——就这样，变出了一块又脏又下贱的破布头，但是这破布头可不是一块普通的破布头，这破布头也有自尊心，这破布头也有生命、也有感情，虽然这是一种不敢反抗的自尊心和不敢反抗的感情，远远地躲在这块破布头的肮脏的折缝里的感情毕竟也是感情呀……

时间过得很慢，慢得不可思议；终于敲了四点。稍候片刻，大家都站了起来，跟在科长后面各自打道回府。戈利亚德金先生混杂在人群中；可是他的眼睛并没有打盹，并没有放过应该留意的那个人。最后，我们的主人公看见他那朋友正向给大家递大衣的办公厅的门卫跑去，并按照他的下流习惯，在等候自己的大衣时极力讨好他们。这是一个决定性时刻。戈利亚德金好不容易挤出了人群，不甘落后，也忙着去取大衣。但是大衣却先递给了戈利亚德金先生的挚友，再说这人在这里也不放过机会用他自己的那套办法来跟人家套近乎、拍马逢迎、窃窃私语和丑态百出。

小戈利亚德金先生披上大衣后，又讽刺地看了大戈利亚德金先生一眼，就这样，公然而且毫不客气地讥诮他，然后又带着他固有的无耻环顾了一下四周，最后在众官员周围踏着碎步（大概是想博得大家的好感），跟这个人说句把话，跟那个人窃窃私语一阵，跟第三个人恭恭敬敬地亲亲嘴，给第四个人送去一个微笑，跟第五个人拉拉手，接着就快乐地一溜烟跑下了楼梯。大戈利亚德金先生紧跟在他后面，并且使他感到难以形容的高兴，他终于在最下面的一级楼梯上抓住了他的大衣领子。小戈利亚德金先生似乎有点儿慌张，并用慌乱的神态看了看四周。

"您这是什么意思？"他终于用有气无力的声音悄声问戈利亚德金先生。

"先生，只要您是一个高尚的人，我希望您总还能记起我们昨天友好的交往吧。"我们的主人公说。

"啊，是啊。嗯，那又怎么样呢？昨晚睡得好吗？"

一阵狂怒使大戈利亚德金先生一时都不知道说什么好了。

"我倒睡得很好……但是请允许我也告诉您,先生,您玩的那套把戏却使人实在难以理解……"

"这是谁说的?这是我的敌人说的。"那个自称也是戈利亚德金先生的人急促地回答道。他边说这话边从真戈利亚德金先生的无力的手中突然挣脱了出来。他挣脱出来后就一溜烟跑下了楼,张望了一下四周,看到了一辆出租马车,便跑过去,坐到马车上,霎时就从大戈利亚德金先生的眼皮底下消失不见了。这位绝望的、被众人抛弃的九品官看了看四周,但是再没有别的出租马车了。他想追上去,但是两腿瘫软。他哭丧着脸,张大了嘴,蜷缩着身子,一脸晦气,无力地靠在路灯柱上,就这样站在人行道上呆了好几分钟。看来,对于戈利亚德金先生一切都完了……

第九章

看来，一切，甚至造化本身，都和戈利亚德金先生作对；但是他岿然不动，他还没有被战胜；他也感觉到他没有被战胜。他准备战斗。当他惊魂甫定后清醒过来，他便带着这种感觉毅然决然地搓了搓自己的双手，单从戈利亚德金先生的神气就已经看得出来，他绝不会让步。但是危险已迫在眉睫，而且显而易见；戈利亚德金先生也感觉到这一点；但是怎么来对付它，对付这危险呢？这倒是个问题。甚至戈利亚德金先生的脑子里霎时间都闪出过这样的想法："是不是把这一切放下不管，是不是干脆退却？嗯，那有什么？嗯，也没什么嘛。我来个装糊涂，好像这不是我，"戈利亚德金先生想，"我来个视而不见，装聋作哑；这人不是我，不就得了；他也来个揣着明白装糊涂，说不定就会偃旗息鼓；这骗子溜须拍马，逢迎讨好，过一阵也就偃旗息鼓了。不就是这样吗！我来个逆来顺受，以柔克刚。又何危险之有呢？嗯，又有什么危险呢？我倒希望有人给我指出来这事到底有什么危险，这事简直无足轻重，极其普通！……"戈利亚德金先生想到这里卡住了。话到嘴边又咽了回去；他甚至骂自己糊涂，居然会这么想；甚至立刻揭穿自己居然会这么想也太卑鄙，太胆小了；然而他的事情终究还是原地不动、毫无进展。他感到，在当前这时刻当机立断、拿定主意，对于他乃是绝对必须的；他甚至感到，如果有人肯告诉他到底应该怎么办，他一定重重有赏。嗯，怎么能猜得透呢？不过也没工夫猜测。为了以防万一，不浪费时间，他雇了一辆出租马车，便飞也似的赶回家去了。"怎么样？现在你的自我感觉如何？"他暗自寻思，"请问，您现在的自我感觉如何，雅科夫·彼得罗维奇？你要干什么？你现在要干什么，你这混账东西，你这骗子！你把自己弄到走投无路，现在你就哭吧，现在你就叫苦连天吧！"戈利亚德金先生就这样挖苦和揶揄着自己，一面在自己雇的万卡①的不断颠簸的马车里颠来颠去。现在这样揶揄着自己，这样刺激着自己的伤口，对于戈利亚德金先生来说，简直成了某种极大的乐趣，甚至近乎一种快感。"嗯，要是现在来个什么魔法师，"他想，"或者官方下来个文件，规定必须这样，对我说：戈利亚德金，从你右手上剁下一个指头——你的事就算了了；再不会有另一个戈利亚德金了，你将变得很幸福，不过少了个指头——我就把指头给他，一定给他，眉头都不皱地给他。让这一切都见鬼去吧！"走投无路的九品官终于叫起来，"哎呀，这一切又干吗呢？哎呀，这一切又何苦呢；

---

① 俄国旧时对驾马拉的街头载客马车的俗称，马车夫叫万卡的居多，故名。

一定要这样，正是要这样，好像不这样就不行似的！起先一切都很好，大家都很满意，都很幸福；可是偏不行，偏要这样！话又说回来，光说空话是没有用的。必须行动。"

总之，几乎已经拿定主意以后，戈利亚德金先生走进自己的房间，急忙抓起烟斗，拼命吸烟，向左右两边喷出一圈一圈的烟雾，接着便非常激动地在屋里来回奔跑。这时，彼得鲁什卡开始收拾桌子准备开饭了。最后，戈利亚德金先生终于完全拿定了主意，突然撂下烟斗，披上大衣，说他不在家里吃饭了，说罢便跑出了屋子。彼得鲁什卡手中拿着他忘了的礼帽，气喘吁吁地在楼梯上追上了他。戈利亚德金先生接过礼帽，本想单独和彼得鲁什卡谈谈，顺便为自己稍稍开脱一下，免得彼得鲁什卡有什么特别的想法——瞧，有一件什么事，他竟连礼帽都忘戴了，等等——但是彼得鲁什卡连看都不愿意看他，扭头就走，因此戈利亚德金先生也就不再做什么解释，戴上自己的帽子，跑下了楼梯，边走边说，也许一切都会好转的，事情好歹总会圆满解决的，虽然（顺便说说）他感到自己脚底下直冒凉气，他走上了大街，雇了一辆马车，便飞也似的跑去找安德烈·菲利波维奇了。"不过，明天去不更好吗？"戈利亚德金先生抓住安德烈·菲利波维奇家门铃的绳子，想道，"我有什么特别的话要告诉他呢？现在并没有什么特别的事呀。事情小极了，这事简直小极了，无足轻重，也就是说，几乎是一件无足轻重的事……这事就跟这一切一样，不足挂齿……"突然，戈利亚德金先生拽了一下门铃；门铃响了起来，可以听到里面什么人的脚步声……这时戈利亚德金先生甚至诅咒了自己，责怪自己太心急太冒失了。不久前发生的那些不愉快的事（戈利亚德金先生因为事务繁忙差点儿都忘了），以及与安德烈·菲利波维奇发生龃龉的事，立刻一齐兜上他的心头。但是要逃走已经晚了：门开了。总算戈利亚德金先生运气好，下人回答说，安德烈·菲利波维奇下班后还没回来，他不回家吃饭了。"我知道他在哪儿吃饭：他在伊兹梅洛夫桥吃饭。"我们的主人公想，感到高兴极了。仆人问，关于他该怎样向主人禀报，他说，你就说我很好，我的朋友，你就说我以后再来，我的朋友。他说罢甚至有点儿精神抖擞地跑下了楼梯。他跑到外面后，决定不坐马车了，结了账，打发了车夫。当车夫要求加点儿钱，说什么：先生，我等了好久、为了您我也没心疼马时，他又加了五戈比，甚至心里还挺乐意；接着他就迈开两腿步行走了。

"说真的，这事也的确是这样，"戈利亚德金先生想，"不过就这么撇下也不是个事；不过，如果这样来考虑一下，这样来认认真真地考虑一下,说真格的,凭什么我在这里瞎折腾呢?嗯,不,真是的,我偏要问,凭什么我要在这里瞎折腾呢?我凭什么要劳累不堪、苦苦挣扎、受尽折磨和作践自己呢?首先,事情已经做了,后悔已经来不及了……不是来不及了吗!我们姑且这么考虑:来了个人——这人大有来头,据说,他很能干,品行优良,就是穷点儿,经历过很多坎坷——颠沛流离,官场失意——嗯,可是要知道,贫穷不是缺陷呀;因此,我也就不必去管他了。嗯,真是的,这不是十足的废话吗?嗯,这人也碰巧了,赶上了,是造化安排的,就像两滴水一样像另一个人,简直是另一个人的复制品:难道就因为这一点不接受他到司里来工作吗?!既然这是命运使然,既然要怪也只能怪命运女神瞎了眼——那就应当把他当作一块破布头来擦皮鞋,那就应当不让他当差……如果是这样,那这哪儿还有什么公道可言呢?他这人穷,无人过问,畏畏缩缩;我的心在疼,我的同情心吩咐我要收容他,给他吃和住!是啊!如果上司也跟我这个不顾一切的人一样想,那就好了,那这上司就是好上司,也就没有什么可说了!我这人就爱犯傻!有时足足抵得上十个人的傻劲儿!不,不!他们做得很好,要谢谢他们,谢谢他们收容了这个可怜的倒霉蛋……嗯,是啊,就算我俩比如说是双胞胎吧,我俩生下来就是这样,是孪生兄弟,不就是这样嘛——不就是这么回事嘛!嗯,这有什么大不了呢?嗯,这不是很平常吗!可以让敝衙的大小官吏都习以为常……即使有不相干的人到敝衙来办事,大概,他也不会在这种情况里发现任何不成体统、有损他的尊严的地方。这甚至是件令人十分感动的事;人们会这样想:此乃上帝有好生之德,创造了两个完全相同的人,而上司是个好积德行善的上司,看到上帝好生之德,于是就收容了这一对孪生兄弟。这当然,"戈利亚德金先生喘了口气,稍许压低了一点儿声音,继续道,"这当然……假如压根儿没有这件令人十分感动的事,也没有任何双胞胎,这当然更好……但愿鬼把这一切都抓了去!这又何苦呢?干吗要出现这种特别的、刻不容缓的情况呢?!主,我的上帝啊!这都是魔鬼在捣乱!不过,要知道,他连性格也同我一样,脾气也一样,也是这样轻薄和下流——他这混账东西,也是这样活泼好动,坐不住,爱跟人套近乎,爱溜须拍马,他就是像我这样的戈利亚德金式人物!说不定,这坏蛋将来的表现还会更坏,会玷污我这姓。瞧你现在还去照顾他,照应他!你看,报应来了吧!话又说回来,那有什么呢?嗯,没有必要!就算他是混蛋吧——嗯,就让他混蛋去好啦,可是另一个却是好人。嗯,他做他的混蛋去好啦，可我却是好人——人家会说，这个戈利亚德金是混蛋，别理他，也别把他与另一个人弄混了；而另一个戈利亚德金却是好人，洁身自好，温和善良，办事又极其牢靠，应予加官，应予提升；就该这样嘛！嗯，好……可怎么办呢，那个……可他们，那个……万一搞混了怎么办呢！他这人是什么事都做得出来的！哎呀，主啊，我的上帝！……他会移花接木，偷梁换柱，他就是这样的混蛋——他会把人像块破布头似的偷偷换掉，而绝不会考虑人不是破布头。哎呀，主啊，我的上帝！我多么不幸啊！……"

戈利亚德金先生就这样一边考虑，一边发牢骚，一边慌不择路地向前奔跑，几乎自己也不知道要跑到哪里去。他清醒过来时已经跑到了涅瓦大街，他之所以能清醒过来，仅仅是因为他碰在一个过路人身上，而且碰得那么干净利落，那么结结实实，但见眼前直冒金星。戈利亚德金先生头也不抬，只喃喃地说了声"对不起"，直到那个过路人嘟囔了一句不太好听的话，已经走出很长一段距离后他才抬起鼻子，看了看四周，这人在哪儿，到底是怎么回事。他环顾四周后发现，他正巧就站在他曾在里面休息并准备到奥尔苏菲·伊万诺维奇家去赴宴的那家饭馆旁。这时我们的主人公才突然感到他胃里有什么东西在又抓又挠地让人感到难受，他想起了他还没有吃饭，既然没人请他赴宴，他也就不再浪费自己的宝贵光阴，跑上了楼，进了饭馆，想随便吃点儿什么，而且要快，尽可能快，不要耽搁。虽然这家饭馆什么都贵，但是这点儿小事这回却阻止不了戈利亚德金先生；再说现在也没工夫在这类无谓的小事上犹豫不决。在灯火通明的房间里，在柜台旁，密密层层地站着一群顾客，柜台上则摆着一大堆体面人爱吃的各式各样的冷荤小吃。掌柜在忙得不可开交地给大家倒酒、卖酒、卖菜和收钱。戈利亚德金先生排了一会儿队，轮到他时，他谦逊地伸出手，要了个馅儿饼。他走到一个角落，背对着在座的其他顾客，津津有味地吃了起来，吃完后他又回到掌柜跟前，把盘子放到桌上，因为知道价钱，所以就掏出十个银戈比，把那银币放到柜台上，逮住掌柜的视线，意思是说："给，钱放这儿了，一个馅儿饼"，等等。

"您该付一卢布十戈比。"掌柜吐字不清地说。

戈利亚德金先生吃惊不小。

"您这话是对我说的？……我……我好像只要了一个馅儿饼呀。"

"您拿了十一个。"掌柜很有把握地反驳道。

"您……依我看……您好像搞错了吧……我真的好像只拿

了一个馅儿饼呀。"

"我数过，您拿了十一个。拿了就该付钱；我们这里不让白吃。"

戈利亚德金先生不禁愕然。"这是怎么回事，难道对我施展了什么妖术？"他想。这时掌柜的正在等候戈利亚德金先生的决定；戈利亚德金先生被众人团团围住；戈利亚德金先生已经把手伸进口袋，准备再掏出一个银卢布，立刻把账结清，远远离开这是非之地。"好吧，十一个就十一个吧，"他想，脸红得像虾米，"嗯。吃了十一个馅儿饼，这有什么了不起呢？哼，人家肚子饿了，于是就吃了十一个馅儿饼嘛；嗯，他要吃就让他敞开吃吧；嗯，这有什么可大惊小怪的呢，这有什么可笑的呢……"这时突然好像有什么东西刺了戈利亚德金先生一下；他抬起眼睛——一下子解开了谜底，明白了整个妖术；全部疑难一下子全解决了……在通隔壁屋子的房门口，几乎就在掌柜的正背后，面对戈利亚德金先生（顺便说说，迄今为止，我们的主人公还一直把房门当作镜子），站着一个人——站着他，站着戈利亚德金先生本人——不是原先的那个戈利亚德金先生，我们这篇小说的主人公，而是另一个戈利亚德金先生，新出现的戈利亚德金先生。另一位戈利亚德金先生看来心情好极了。他向戈利亚德金先生一世微笑着，向他点头，向他递眼色，稍稍迈动两腿，踏着碎步，他那样子，似乎，一有动静——他就准备溜之大吉，溜进隔壁的房间，可能再从那里溜出后门，这样一来，那个……一切追踪也就付之东流了。他手里还拿着第十个馅儿饼的最后一块，他竟当着戈利亚德金先生的面把它塞进自己的嘴里，还津津有味地吧唧了一下嘴唇。"他偷梁换柱，这混账东西！"戈利亚德金先生想，羞得满脸通红，像着了火似的，"竟恬不知耻地公然为非作歹！有人看见他了吗？看来，谁也没有发现……"戈利亚德金先生把一个银卢布扔给了掌柜，就像这钱烫手似的。接着，也不理会掌柜的那种别有用意的、放肆的笑，得意扬扬而又泰然自若、有恃无恐的笑，他挤出了人群，头也不回地跑下了楼梯。"还得谢谢他，总算没把人弄得名誉扫地！"大戈利亚德金先生想，"谢谢这强盗，既要谢谢他，也要谢谢命运，总算一切妥当了，只是这掌柜太盛气凌人了。那有什么，反正他有资格这么做嘛！本来就要一卢布十戈比嘛，因此他完全有资格。说什么在我们这儿谁也不能白吃！哪怕客气点儿呢，这无赖！……"

戈利亚德金先生就这样自言自语地下了楼，走上门前的台阶。可是在最后一级台阶上他一动不动地站住了，突然满脸通红，由于自尊心受到伤害甚至眼泪都涌上了眼睛。他像柱子似的站在那里约有半分钟，突然坚决地一跺脚，一纵身跳下台阶，跑到街上，气喘吁吁地，头也不回地，也不知道累，便拔脚跑回家去，直奔六铺街。回到家后，甚至也不脱外衣，一反在家穿家常便服的习惯，甚至也不预先拿起烟斗，而是立刻坐到沙发上，拿过墨水瓶，拿起笔，拿出一张信纸，用因为内心激动而发抖的手，动手写了下面的信：

我尊敬的雅科夫·彼得罗维奇先生！

要不是我当前的境况和为您本人所迫，先生，我是无论如何不会拿起笔来的。请相信，仅仅因为必须才迫使我出此下策与您做这类说明，因此首先请求您不要把我的这一举措，先生，认为是对您的蓄意侮辱，此举实乃现在把我们联系在一起的诸多情况的必然结果。

"看来，写得很好，很得体，也很有礼貌，虽然不乏力量和果断？……这样写，他似乎也挑不出毛病来，何况我完全有资格。"戈利亚德金先生把写的这一部分又看了一遍，想道。

先生，在急风暴雨之夜，在我的敌人（由于我对他们的蔑视，我不想提到他们的名字）不成体统地对待我之后，您的出人意料的奇怪出现，成了当前在我们之间存在的一切误会的起因。先生，您固执己见，硬要闯入我的生活圈子以及我在实际生活中所有关系的圈子，您这样做甚至超出了一般的礼貌和普通的人之常情的界限。我想，先生，我在这里就不必再提您盗取我的文稿、盗用我本人的清白名声，以邀上司宠幸这件事了，而这样的宠幸是您不应该得到的。我在这里也不必再提您蓄意地和气人地回避就此事必须做出的解释。最后，为了把事情全说清楚，我在这里也就不再提您跟我在咖啡屋里最近那次奇怪的、可以说是莫名其妙的行为了。我绝不是抱怨无谓地浪费了那一个银币；但是，先生，一想到您公然损害我的名誉，而且是在几位我虽然不认识，但却是极其正派的人物在场的情况下，我就不能不表示我的极大愤慨了……

"我是不是扯得太远了？"戈利亚德金先生想，"是不是说得太多了；这样说是不是太不给他面子了——比如说，对'极其正派'这一暗示？……嗯，也没什么嘛！应当向他表明我的果断的性格。不过在信的末尾,为了缓和一下语气,也可以说几句好话,讨好他几句。行啊,咱们看着办吧。"

但是,先生,我本不想用我这封信来使您劳神,如果不是我坚信,您的高尚真挚的感情以及您坦率诚恳的性格将会向您本人指出改正一切疏忽并使一切恢复原状的方法的话。

我抱着满腔希望冒昧坚信,您绝不会认为我的信有污阁下视听,因而故意拒不作答并对此做出书面解释,尊函可交鄙仆带回。

无任企盼,谨向先生致意。

您的最忠实的奴仆

雅·戈利亚德金

"嗯,瞧,一切都很好。事情办完了;甚至发展到采用书面形式。但是这怪谁呢?都怪他自己:是他自己弄得人家忍无可忍非用书面信函不可。而我完全有资格……"

戈利亚德金先生又最后一次把信读了一遍,把信折好,封好,于是叫来了彼得鲁什卡。彼得鲁什卡来了,按照他一向的样子，睡眼惺忪，而且气鼓鼓的，脾气很大。

"伙计，给，你把这信送去……明白吗？"

彼得鲁什卡不作声。

"把它送去，送到司里；在那里先找一下值班的十二品文官瓦赫拉梅耶夫，瓦赫拉梅耶夫今天值班。听明白了吗？"

"明白了。"

"明白了！你就不会说：'明白了您哪。'先问一下值日官瓦赫拉梅耶夫，你告诉他说是这么回事，就说是老爷让我来的，让我来向您请安，恳求您查一下本衙的通信录——九品文官戈利亚德金住哪儿？"

彼得鲁什卡不作声，戈利亚德金先生觉得他似乎微笑了一下。

"嗯，就这样，彼得，先向他问清地址，打听一下新来上任的官吏戈利亚德金先生住哪儿？"

"是。"

"问清地址后，你就把这信照这地址送去，明白吗？"

"明白。"

"如果那里……也就是你送信去的那地方——你把这信交给他的那位老爷，也就是戈利亚德金……你笑什么，笨蛋？"

"我笑什么？这跟我有什么关系！我无所谓。我们当下人的没什么可笑的……"

"嗯，就这样……如果那位老爷问，你家老爷怎样，他在家怎么样；你就说，他，那个……嗯，他肯定会刨根问底的——你就别吱声，你就回答说，我家老爷很好，他请您亲笔写封回信。明白吗？"

"明白了您哪。"

"嗯，你就这么说，我们家老爷很好，很健康，现在正准备去做客；他请您写封书面回信。明白吗？"

"明白。"

"那好，走吧。"

"瞧，还能叫这笨蛋去办事吗！他居然暗暗发笑，真没办法。他笑什么呢？我算倒大霉了，我算倒霉透了！不过，说不定，一切都会好起来的……现在这骗子大概一去就是两三个小时，还不知道上哪儿玩去哩。简直没法差他办事。我算倒霉透了！……偏偏碰上这样倒霉的事！……"

我们的主人公一面感到自己倒霉透了，一面打定主意当两三个小时被动等待的角色，等彼得鲁什卡回来后再说。他在房间里踱来踱去，来来回回地走了大约一小时，先是抽烟，后来又放下烟斗坐下来看书，后来又躺到沙发上，后来又拿起烟斗，后来又开始在房间里跑来跑去。他本来想考虑考虑问题，但是简直什么也考虑不成。最后他苦煎苦熬，被动等待的局面终于发展到顶点，于是戈利亚德金先生决定采取一个办法。"彼得鲁什卡肯定还有一小时才能回来，"他想，"可以把钥匙先交给看门的，我自己则可以趁这工夫，那个……调查一下情况，亲自出马，调查一下情况。"戈利亚德金先生抓紧时间，急于查明情况，于是拿起自己的礼帽，走出了房间，锁上了房门，先跑去找看门的，把钥匙交给了他，又给了他十戈比——戈利亚德金先生不知怎么变得非常慷慨——便动身到他该去的地方去了。戈利亚德金先生是徒步去的，先去伊兹梅洛夫桥。走路花去了大约半小时。走到目的地后，他一直走进他熟悉的那座公寓的院子，抬头看了看五品文官贝伦捷耶夫家的窗子。除了三扇挂着红窗帷的玻璃窗以外，其余的窗子都是黑的。"今天，奥尔苏菲·伊万诺维奇大概没有客人，"戈利亚德金先生想，"现在大概就他们自己坐在家里。"我们的主人公在院子里站了一会儿后，已经想要打定主意做什么了。但是看来这主意注定实现不了。戈利亚德金先生改了主意，他挥了一下手，又回到街上。"不，我不应当到这里来。我在这里能做什么呢？……还不如我现在,那个……亲自去调查一下情况。"戈利亚德金先生做了这个决定后就动身到自己的司里去了。路不近,再加路上泥泞不堪,雪花飞舞,下着湿雪。但是对于我们的主人公来说,现在似乎不存在困难。不错,他浑身都湿透了,而且身上溅了不少泥浆。"然而,与此同时,目的地到了。"果然,戈利亚德金先生已经走近自己的目的地,远处,一座黑乎乎的庞大的官衙已经赫然呈现在他眼前。"慢!"他想,"我这是去哪儿呢?在那里我又能做什么呢?就算我打听到了他住的地方;可是彼得鲁什卡大概已经回来了,给我带来了回信。我只是在白白浪费我的宝贵光阴,我的时间就是这样给浪费掉的。好了,没什么;这一切还可以补救。不过,说真的,是不是要去看看瓦赫拉梅耶夫呢?嗯,不!我还是以后……哎呀!根本就用不着出来嘛。不,我就是这性格!就这么点儿本事,不管需要不需要,总是冒冒失失地往前闯……唔……几点啦?大概,已经九点了。彼得鲁什卡可能要回来了,在家里找不到我。我走出来,真是做了件十足的蠢事……唉,真是的,麻烦!"

我们的主人公就这样真心真意地意识到自己做了一件十足的蠢事后,就掉转身来跑回六铺街去。他跑到家门口时已累得筋疲力尽。还从看门人那里他就得知,彼得鲁什卡压根儿就没想到要回来。"嗯,是啊!我早料到这一点了,"我们的主人公想,"可是已经九点了呀!哎呀,这家伙多混账!肯定在什么地方酗酒!主啊,我的上帝!我这苦命人过的是什么日子啊!"戈利亚德金先生就这样思索着和抱怨着用钥匙打开了自己的房门,点了火,脱光了衣服,抽了袋烟,觉得衰弱无力、筋疲力尽、又累又饿,只好躺到沙发上等彼得鲁什卡。蜡烛结起了烛花,光线很暗,烛光在墙上摇曳不定……戈利亚德金先生看着看着,想着想着,终于像死人一样睡着了。

他醒来时已经很晚。蜡烛差不多完全燃尽了,冒着烟,看样子立刻就要完全熄灭。戈利亚德金先生一跃而起,猛地打了个激灵,想起了一切,一切的一切。隔壁屋里传来彼得鲁什卡浑浊的鼾声。戈利亚德金先生一个箭步跑到窗口——没一个地方有灯光。打开气窗——万籁俱寂;城里人仿佛死绝了似的睡着了。可见已是午夜两点或三点了;果然:隔壁的挂钟鼓了鼓劲儿,敲了两下。戈利亚德金先生急忙向隔壁屋里跑去。

经过长时间的努力,他才勉强推醒了彼得鲁什卡,让他在床上坐了起来。这时蜡烛已经完全熄灭了。又过了大约十分钟,戈利亚德金先生才找到了另一根蜡烛,把它点着了。这时彼得鲁什卡又睡着了。"你这混蛋,你这恶棍!"戈利亚德金先生又拼命推他,说道,"你倒是起来不起来,你倒是醒不醒呀?"经过半小时的努力,戈利亚德金先生才好不容易把自己的用人完全弄醒,把他从隔壁屋里拖了出来,直到这时,我们的主人公才看到彼得鲁什卡,正如俗话所说,醉得跟死人一样,两条腿才勉强站住。

"你这无赖!"戈利亚德金先生叫道,"你这强盗!你不是要我的命吗!主啊,他把我的信弄哪儿去了?哎呀,造物主啊,唉,信怎么……我干吗要写信呢?悔不该写这样的信啊!大傻瓜,真是死要面子活受罪!居然向这种人争面子!这下好了,你有面子了。你这下流坯,给你面子吧!……喂,你醒醒!你把信弄哪儿去了,你这强盗?你把信交给谁了?……"

"我没把任何信交给任何人;我也没有任何信……就这么回事!"

戈利亚德金先生绝望地绞着双手。

"你听我说,彼得……你听我说,你听我说呀……"

"听着呢……"

"你上哪儿啦?——你说……"

"上哪儿了……去找好心肠的人呗!我怎么啦!"

"哎呀,主啊,我的上帝!起先到哪儿去了?……听我说,彼得；你也许喝醉了吧？"

"我喝醉了？哪怕让我立刻就死在这儿，滴——滴——滴酒未沾——就这样……"

"不，不，你喝醉了酒也没什么……我不过随便问问；你喝醉了，这很好；我没什么，彼得鲁沙，我没什么……你也许不过是忘了，可是该记住的你都记住了。来，你想想看，你是不是去找过瓦赫拉梅耶夫，找过那个值日官？"

"没找过，也压根儿没这样的官。哪怕让我立刻……"

"不，不，彼得，不，彼得鲁沙。要知道，我没什么。你不是瞧见了吗，我没什么……嗯，这没什么大不了的！嗯，外面又冷又潮，嗯，人家就喝了点儿，嗯，也没什么嘛……我不生气……小老弟，我今天就喝过嘛……你喝了就承认嘛，你想想，小老弟：你去找过值日官瓦赫拉梅耶夫吗？"

"嗯，现在想起来了，确有那么回事，说实在的，我的确去找过他，哪怕让我立刻……"

"嗯，好，彼得鲁沙，找过他就好。你瞧，我不是没生气吗……好了，好了，"我们的主人公继续道，一面更加巴结自己的用人，拍拍他的肩膀，向他微笑着，"哼，混账东西，稍微喝醉了点儿……喝了十戈比，是不是？你真是个骗子！嗯，也没什么嘛；

嗯，您瞧，我并没有生气……我不生气，小老弟，我不生气……"

"不，我不是骗子，您爱怎么说随您便……我只是去找了些好心肠的人，而不是骗子，我从来没有做过骗子……"

"不，不，彼得鲁沙！你听我说，彼得：要知道，我没什么，要知道，叫你骗子并不是骂你。要知道，我说这话是为了安慰你，我说这话是用它的高尚的含义。这等于奉承一个人，彼得鲁沙，就像一个人说他真是个灵巧的人、真是个狡猾的家伙，等于说他是个精明的人，不会上别人的当。有人就爱听这话……好了，好了，没什么！好了，请你告诉我，彼得鲁沙，现在就不要隐瞒啦，要说老实话，就像告诉朋友一样……嗯，你去找过值日官瓦赫拉梅耶夫了吗，他给了你地址吗？"

"地址倒是给了，也给了我地址。真是个好官！他说，你们家老爷也是个好人，一个很好的人；他又说，你回去告诉你们家老爷，说我向他请安，谢谢他，就说我热爱和尊敬你们家老爷！就因为，他说，你，也就是你们家老爷，彼得鲁沙，是个好人，他还说，彼得鲁沙，你也是个好人——就这些……"

"哎呀，主啊，我的上帝！那地址呢，地址呢？你真是个犹大——①！"戈利亚德金先生说最后一句话时几乎像耳语。

---

① 指以三十元钱出卖耶稣的加略人犹大，此处转义为叛徒、奸贼、见利忘义之徒。

"地址……地址也给啦。"

"给了？那么，他住哪儿呢？我是说戈利亚德金，官吏戈利亚德金，那个九品文官。"

"他说，你要的那个戈利亚德金就住在六铺街。他说，你到六铺街，往右一拐，爬上楼梯，爬到四层楼。他说，这不就是你要找的戈利亚德金吗……"

"你真是个骗子！"我们的主人公忍无可忍，终于叫了起来，"你真是个强盗！这不就是我吗；你这不是在说我吗。我要的是另一个戈利亚德金；我说的是另一个，你真是个骗子！"

"嗯，您爱怎么说随您便！无所谓。随您的便——真是的！……"

"那信呢，信……"

"什么信？什么信也没有，什么信我也没有看见呀。"

"你到底把它弄哪儿去了——你真是个骗子？！"

"把信给他啦，给他啦。他说，向你们家老爷请安，谢谢他；他说，你们家老爷是个好人。他说，向你们家老爷请安……"

"这话是谁说的呢？这是戈利亚德金说的吗？"

彼得鲁什卡沉默少顷，直视着主人的眼睛，咧开嘴傻笑了一下。

"我说，你真是个强盗！"戈利亚德金先生气喘吁吁地开口道，气得不知说什么好了，"你给我干了什么呀！你说，你给我干了什么！你要了我的命，你这坏蛋！你砍了我的脑袋。真是个犹大！"

"好了，现在您怎么骂都行！我无所谓！"彼得鲁什卡语气坚决地说，一面躲进隔壁的小屋。

"你过来，你过来，你这强盗！……"

"现在我可不上您那儿去了，绝对不去。我有什么！我要去找好心肠的人……好心肠的人都老实本分，好心肠的人都不弄虚作假，从不一分为二、真假难分……"

戈利亚德金先生手脚冰凉，气都喘不上来了……

"是啊，"彼得鲁什卡继续说道，"他们从不一分为二、真假难分，他们不欺骗上帝，也不欺负老实人……"

"你这无赖，你喝醉了！现在睡你的觉去吧，你这强盗！到明天有你瞧的。"戈利亚德金先生用勉强听得见的声音骂道。至于彼得鲁什卡，他又唠唠叨叨地说了几句什么；后来听到他躺到床上，床嘎吱嘎吱地响了起来，他长长地打了个哈欠，伸了个懒腰，最后正如俗话所说，便鼾声大作，呼呼大睡起来。戈利亚德金先生半死不活。彼得鲁什卡的行为，他的暗示，这暗示虽然模糊不清，但毕竟让人觉得奇怪，再说这话是一个醉汉说的，因此大可不必发作，最后，还有事情的恶性转变——这一切都使戈利亚德金先生深受震动。"真是鬼使神差，偏让我半夜三更把他叫起来一顿臭骂。"我们的主人公说，一种生病的感觉使他浑身发抖，"我偏鬼迷心窍跟一个醉汉拉扯在一起！向一个醉汉能问出什么名堂来呢！没一句话不是胡扯。不过，这强盗，他究竟在暗示什么呢？主啊，我的上帝！我干吗要写这些信呢，我这人呀，简直要我的命；我这不是自杀吗！我就不能保持沉默吗！非要胡说一气,露出马脚。这又干吗呢！你算完蛋了，你就像块破布头，我可不干，自尊心在作祟，说什么我的名誉受到了损害，说什么你要挽救自己的名誉！我这不是自杀吗！"

戈利亚德金先生这么说道，他坐在自己的沙发上，吓得都不敢动弹。突然，他的眼睛停在一样东西上，这东西激起了他的高度注意。激起他注意的这东西——该不是幻觉吧——他在恐惧中向这东西伸出手去，抱着希望，怀着鬼胎，带着难以形容的好奇……不，不是欺骗！不是幻觉！是一封信，真的是一封信，一定是信，而且是写给他的信……戈利亚德金先生从桌上拿起了信。他的心在怦怦乱跳。"这大概是那个骗子拿回来的,"他想,"放在这里就忘了,肯定是这样;肯定是这么回事……"这封信是戈利亚德金先生年轻的同僚,过去的朋友,官吏瓦赫拉梅耶夫写给他的。"话又说回来,这一切都在我的意料之中,"我们的主人公想道,"而现在信中所写的一切,也在我意料之中……"信如下:

尊敬的雅科夫·彼得罗维奇先生!

尊仆已醉,要让他明明白白地说出点儿东西来,绝非易事;为此不如书面作答为好。我急于要告诉您的是,先生托办之事,即经由我手将尊函转交某君,自当照办不误。阁下十分熟悉之某君,现已取而代之,成了我的朋友,我在此暂隐其名(因为我不愿徒然玷污这位完全无辜者的美名),目前他正与我一起住在卡罗琳娜·伊万诺芙娜之寓所,即在此之前阁下住在我们这里时曾由唐波夫省来的步兵军官寄寓的那个房间。不过,此君在光明磊落与胸怀坦荡的人们中间随处都可以找到,而我对他人则不能遽下此论。你我之往来拟自即日起中止;你我已无法继续保持昔日之友情与莫逆之同事关系,因此我请求先生在收到此坦言一切的信之后,即刻把欠我之两卢布买外国剃须刀之钱掷还,此剃须刀是我赊欠给您的，如果您还记得的话，乃是在七个月前我俩还同住在我衷心尊敬的卡罗琳娜·伊万诺芙娜家时所欠。我之所以要这样做，乃是因为据有识之士称，您已一蹶不振，名誉扫地，并将危及清白无辜者的道德情操，因为有些人不走正道，而且，他们的话尽皆虚伪，他们的善良外表亦复可疑故也。卡罗琳娜·伊万诺芙娜一向品行端正，恪守妇道，加之是处女，虽已徐娘半老，但是出身良家，是外国人——能为其所受之羞辱仗义执言者，随时随地都能找到，某些人曾嘱鄙人在此信中顺便提及，并以我个人的名义提出。即使您现在还不知道，但到时候您自会知道一切，尽管，据有识之士称，您已在京城上下臭名昭著，因此，先生，您在许多地方都可以得到有关自己的相应传闻。在敝函行将结束之际，我要向您宣布，先生，您所熟悉的某君，即根据某些正当缘由我在此未予提及其姓名的某君，备受奉公守法的人士所尊敬；此外，他性格开朗，为人达观，在职务上一帆风顺，在思维健全的人们中间口碑也极好，他言必信、行必果，忠于友谊，绝不会对人当面握手、背后踢脚。

永远忠实您的奴仆
涅·瓦赫拉梅耶夫

又及：请将尊仆开除：他是个酒鬼，大概给您带来很多麻烦，您可雇用过去给我们当用人、现在正闲着的叶夫斯塔菲。您现在的用人不仅是个醉鬼，此外还是个贼，因为还在上周他就低价卖给卡罗琳娜·伊万诺芙娜一俄磅方糖，我看他无非是用狡猾的手段零敲碎打，分别于不同时期逐渐偷窃所致。我写这话是希望您好，尽管有些人只会欺负和欺骗他人，主要是欺骗那些正人君子和有一副好脾气的人；此外，他们还在背后糟蹋人，把人往坏里说，他们这样做的唯一原因是出于嫉妒，因为他们自己没法把自己称作正人君子。

瓦

我们的主人公在读完瓦赫拉梅耶夫的信之后，在自己的沙发上又一动不动地坐了很长时间。一道新的亮光穿过两天来一直包围着他的模糊不清的谜一般的浓雾。我们的主人公多少开始明白了……他本来想试着从沙发上站起来，在屋里走走，清醒清醒头脑，把支离破碎的思想勉强集中起来，全神贯注地去想某一个问题，等自己的情绪稍定之后，再好好想想自己的处境。但是他刚想站起来，又立刻虚弱无力地跌坐在原来的位置上。"这，当然，这一切都是我早就预料到的；但是他怎么会这样写，他说这些话究竟是什么意思呢？就算我懂得他的意思吧；但是他到底要干什么呢？有话就直截了当地说嘛：就说如此这般，我要你干什么干什么，我可以照办嘛。偏要拿腔拿调，绕来绕去，事情居然发生如此不愉快的转折！哎呀，快点儿到明天，快点儿弄清楚到底是怎么回事就好啦！现在我知道该怎么办了。就说如此这般，就说大道理我同意，我决不会出卖我的人格，至于那个……也行啊；不过，他，这位某君，这个下三烂怎么会掺和到这件事情中去的呢？他干吗偏偏掺和到这件事情中去呢？哎呀，快点儿到明天就好啦！在此以前，他们一定会说我的坏话，一定会搞阴谋，一定会故意刁难我！主要是不要浪费时间，比如说，现在哪怕就抓紧时间写封信呢，仅仅露出一点儿口风，这个那个地说一通，这个那个的我都同意，明天一大早就把信送出去，我自己则先下手为强，那个……另一方面，对他们反戈一击，警告一下这两个宝贝疙瘩……大不了背后说我坏话，不就这两下嘛！"

戈利亚德金先生挪过纸，拿起笔，给十二品文官瓦赫拉梅耶夫回了如下一封信：

涅斯托尔·伊格纳季耶维奇先生：

我又痛心又惊讶地拜读了您侮辱我的信，因为我清楚地看到，您所谓的某些不成体统、居心叵测的人，无非在影射我。我真正伤心地看到，旨在损害我的幸福、我的人格和我的美名的诽谤，正在迅速而又顺利地把根扎得很深很深。尤其令人痛心和深感侮辱的是，甚至那些思想方式真正高尚，主要是天性率直而又开朗的仁人君子，也置上等人的利益于不顾，将自己良好的心灵素质依附于一个宵小之徒——不幸的是，在我们这个多灾多难而又道德沦丧的时代，这些宵小之徒却越繁殖越多，真是人心惟危，世风日下。最后我谨奉告阁下，您所称我所欠您之两银卢布债务，定将如数奉还，我认为这是我的神圣义务。

先生，至于阁下有关某女士的暗示，有关此女士的心意、打算和各种企图的暗示，那，我要奉告阁下，这些暗示我听不大懂，也不甚了然。不过，先生，请允许我保持我高尚的思想和清白的名声不受玷污。无论如何，我准备屈尊向阁下面陈一切，因为我认为面陈较之书面更可靠，此外，我准备与之进行各种友好的，当然是双边的协商。最后，我请求先生把我准备进行当面协商的意愿转告这位女士，此外，请她指定会面的时间和地点。先生，我感到痛心的是，您在信中暗示似乎我侮辱了您，背离了你我初始的友谊，背后说您坏话。我认为这些都是误会，是我名副其实地称为我的不共戴天的死敌的无耻诽谤、嫉妒和心怀叵测。但是他们大概不知道，无辜之所以有力量，就因为它无辜，某些人的无耻、放肆和令人发指的无礼举动迟早会遭到人们的普遍蔑视，这些人定将因自己的非常不体面的行为和心灵的堕落而身败名裂。最后，先生，我请您转告这些人，他们妄想排挤别人、占领别人在这个世界中理应占有的一席之地的奇怪的奢望和卑鄙的妄想，只会使人感到惊讶，感到蔑视的惋惜，除此以外，就只有进疯人院了；此外，这种做法乃为法律所严禁，依我看，此乃完全合情合理的，因为任何人都应满足于自己占有的一席之地。一切都应当有个界限，如果说这是开玩笑，那这玩笑是不成体统的，进一步说，也是完全不道德的，因为我敢向您保证，我的亲爱的先生，我的想法，即在我上面阐明的应满足于自己占有的一席之地的想法，是完全道德的。

永远忠实您的奴仆

雅·戈利亚德金

第十章

总之，可以这样说，昨天发生的事使戈利亚德金先生非常震惊。我们的主人公昨晚睡得很不好，就是说，他怎么也睡不着，甚至连五分钟也未能完全睡着：倒像有个什么淘气包把鬃毛绞碎了，撒在他的床上似的。他整夜都是在半睡半醒中度过的，辗转反侧，翻过来覆过去，唉声叹气，刚睡着了一分钟，过一分钟又醒了，而且这一切还伴随着某种奇怪的烦恼、模糊的回忆和零乱的梦幻——总之，一切，只要是不愉快的东西，都兜上了心头……一会儿在他眼前出现了安德烈·菲利波维奇的身影，笼罩在某种奇怪的、谜一般昏暗的光线中——冷淡的身影，愠怒的身影，带着冷峻的、生硬的眼神，面含既冷酷无情又彬彬有礼的叱骂……正当戈利亚德金先生想要走过去向安德烈·菲利波维奇致意，以便想方设法如此这般地在他面前表白一番，同时向他证明他根本就不像他的仇敌添油加醋描述的那样，他乃是如此这般，除了自己通常的、天生的品质以外，还拥有什么什么优点；但是，在这当口却出现了那个以自己的不体面的倾向著称的人，他用某种令人愤慨的手段立刻破坏了戈利亚德金先生惨淡经营的所有仕途，而且就在这里，几乎就当着戈利亚德金先生的面，使他身败名裂，百般践踏他的自尊心，然后又立刻取而代之，占据了他的职位和社会地位。一会儿，戈利亚德金先生的脑袋觉得有些痒痒，似乎有人用手指弹了一下他的脑壳，不久前，他或者在日常生活中或者因未能恪尽职守而遭人叱责，这些是他自找的，屈辱地被迫接受的，对此很难提出抗议……然而正当戈利亚德金先生开始苦苦思索，为什么他很难对这种申斥提出抗议——然而他关于曾受人申斥这一想法，又不知不觉换了一种形式——转而变成某种小小不言或者相当大的卑鄙下流的行为；这种卑鄙下流的行为是他耳濡目染或者是不久前他亲自做过的——他这样做甚至常常不是出于某种卑鄙下流的原因，甚至也不是出于某种卑鄙下流的动机，而是这样——比如说，有时候是因为这样一种情况——出于一种微妙的原因，再不就是因为自己完全无力自卫，嗯，说到底是因为……因为，总之，戈利亚德金先生心里很清楚这是因为什么！想到这里，戈利亚德金先生在睡梦中面红耳赤，他一面强压下自己脸上泛起的红晕，一面嘟嘟囔囔地自言自语，说什么，这时候，比如说，他本来是可以表现出坚强性格的，本来是可以在这件事情上表现出威武不屈的坚强性格的……可后来他又想："干吗要表现出坚强性格呢！……现在又何必提它呢！……"但是使戈利亚德金先生最为恼火的是，怎么在这时候，而且偏偏在这时候，不管人家有没有叫他，竟出现了这么一个为人处世不像话和以恶言中伤著称的人，尽管这事似乎明摆着，他居然也沐猴而冠，带着非常不成体统的微笑嘀咕道："这怎么扯得上坚强性格呢！雅科夫·彼得罗维奇，咱俩哪儿来什么坚强性格呢！……"一会儿，戈利亚德金先生又梦见自己处在一群以谈笑风生与风度高雅著称的出色的人士中间；戈利亚德金先生在和蔼可亲而又机智风趣上也表现不俗，因而大家都很喜欢他，甚至在这里的他的某些仇敌也爱上了他，因而使戈利亚德金先生觉得十分开心；大家都尊他为首，以致最后连戈利亚德金自己也愉快地从一旁偷听到，这里的主人把一位客人拉到一边，极口称赞戈利亚德金先生……可是突然以居心叵测和蛇蝎心肠著称的那主儿，又没来由地以小戈利亚德金先生的模样出现，而且这小戈利亚德金一出现，霎时间就立刻把大戈利亚德金先生的全部胜利和全部光荣破坏了，使大戈利亚德金相形见绌，把大戈利亚德金踩进了污泥，最后，他还一清二楚地证明，大戈利亚德金，而且还是真戈利亚德金，根本就不是真的，而是个赝品，只有他才是真的，最后，大戈利亚德金根本就不是他看上去像是某某、某某的那个人，而是如此这般的那样一个人，因此他不应该也没有资格隶属于忠诚可靠和风度优雅的上流社会。而且这一切发生得那么快，大戈利亚德金都没有来得及开口，大家就已经全身心地投靠到不成体统的假戈利亚德金那边去了，而且还以深深的蔑视断绝了同他这个真戈利亚德金先生的交往。没有一个人的看法不在刹那间被这个岂有此理的戈利亚德金先生按照他的想法改变了。没有一个人，甚至这伙人中最不起眼的人，没有被这个尽做坏事的假戈利亚德金先生用他那一套最甜蜜的方式巴结过，用他的方式讨好过，他在他们面前按照他的老习惯常常抽一种十分好闻的芳香扑鼻的烟，因而使那些闻到这股烟香的人一闻到这烟味就感到十分舒服，连连打喷嚏，甚至打出了眼泪。而主要是这一切都是在转瞬间完成的：这个形迹可疑的、尽做坏事不做好事的戈利亚德金先生行动之快是惊人的！比如说，他刚巴结过一个人，博得了他的好感之后——转眼之间他已经出现在另一个人身边了。他刚跟这第二个人巴结地悄悄说了几句话，博得对方赏识的微笑之后，一炕蹶子，迈开他那又短又圆又相当粗笨的小腿，颠颠地去找第三个人了，于是便开始巴结第三个人，跟人家也友好地互相舔了舔；你还没来得及开口，还没来得及惊讶——而他已经在第四个人那里了，于是跟第四个人又如法炮制——简直可怕：简直在变戏法！可是大家都欢迎他，大家都喜欢他，大家都把他捧到了天上，大家都众口一词地宣称，他的和蔼可亲和机智风趣远胜于真戈利亚德金先生的和蔼可亲和机智风趣，并以此来奚落无辜的真戈利亚德金先生，排斥为人正直的戈利亚德金先生，进而把忠诚可靠的戈利亚德金先生连推带搡地赶出去，并像雨点般用手指弹以爱他人著称的真戈利亚德金先生的脑壳！……多灾多难的戈利亚德金先生又伤心又恐惧又恼火地跑了出去，跑到大街上，雇了辆马车，准备直奔司长大人家，即使不如此，至少也应该去找安德烈·菲利波维奇一趟，但是——简直可怕！马车夫们无论如何都不肯拉戈利亚德金先生，说什么："老爷，我没法拉两个完全相同的人；大人，好人都力求老实本分地过日子，不应该任意胡来，从来没有一个变两个的。"一向老实本分的戈利亚德金先生又羞又恼，回过头来看了一眼周围，果然，而且是他亲眼看见的，他确信，马车夫以及与他们串通一气的彼得鲁什卡都言之有理；因为那个道德沦丧的戈利亚德金先生真的就在这里，在他的身旁，离他不远，而且按照他那卑鄙下流的坏脾气，这时候，在这关键情况下，肯定准备做出什么极其不登大雅之堂的事，一点儿也显示不出通常在良好的教育下培养而成的特别高尚的品德——可是这个可憎可厌的戈利亚德金先生二世，一遇合适的机会就吹嘘自己品德高尚。彻底完蛋而又为人实在的戈利亚德金先生在羞耻与绝望中忘乎所以地拔脚飞跑，跑到哪儿算哪儿，听天由命地跑，无论跑到哪儿都行；但是他每跑一步，他的脚每蹬一次花岗岩的人行道，就好像从地底下蹦出来似的，跳出一个一模一样，就心灵的荒淫无耻来说与极端恶劣的戈利亚德金先生完全一样的人。所有这些完全相同的人，一经出现，就立刻一个跟一个地奔跑起来，一长串，就像一长溜呆鹅，摇摇摆摆、一瘸一拐地跟在大戈利亚德金先生后面，因而简直无处躲避，怎么也躲不开这些完全相同的人——戈利亚德金先生也真可怜，他被吓得气都透不过来了——到最后，终于出现了数不清的完全相同的人——因而整个京城到后来都挤满了完全相同的人，以至负责警务的人员看到这样有碍观瞻的事，只好跑过去抓住所有这些完全相同的人的后脖领子，把他们关在就近的岗亭里……我们的主人公都吓呆了，吓得浑身冰凉，渐渐醒了过来，因为吓呆了，吓得浑身冰凉，所以他感到即使醒了过来，也不见得开心，这日子也不好打发……既难受又痛苦……胸口烦闷得好像有什么野兽把他的心给叼走了似的……

终于，戈利亚德金先生再也受不了了。"绝不许发生这种情况！"他叫道，果断地从床上坐了起来，随着这声惊呼，他也完全醒了。

看来白天早已开始。屋里不知怎么异乎寻常地亮；阳光透过结了一层霜花的玻璃窗洒满了房间，这使戈利亚德金先生感到十分惊讶；因为平常，除非中午，阳光才照例照进他的房间；而在过去，这种天体运行的例外情形，起码就戈利亚德金先生记忆所及，还几乎从未发生过。我们的主人公刚刚对这种现象惊讶了一番之后，隔壁墙上的挂钟就开始咝咝啦啦地响了起来，可见，已经完全准备好要打点了。"啊，听！"戈利亚德金先生想，并烦躁地等候着，准备听……但是，使戈利亚德金先生感到愕然和吃惊不小的是，他那钟鼓了一会儿劲儿，总共才敲了一下。"这是演的哪一出呀？"我们的主人公叫道，从床上彻底跳了起来。他不相信自己的耳朵，于是便照例跑到隔壁屋去看个究竟。钟上果然是一点。戈利亚德金先生又望了一眼彼得鲁什卡的床；但是这屋里甚至连彼得鲁什卡的影子也没有了：看来，他的床铺早已收拾好，放到一边去了；他的靴子也到处找不到——这无疑是一个标志，说明彼得鲁什卡的确不在家。戈利亚德金先生急忙冲向房门：门锁着。"彼得鲁什卡上哪儿了呢？"他继续悄悄地自言自语，他整个儿都处在可怕的激动中，感到四肢在瑟瑟发抖，而且抖得很厉害……突然一个想法掠过他的脑海……戈利亚德金先生急忙跑到自己的桌子跟前，东张西望，摸了个遍——可不吗：他昨天写给瓦赫拉梅耶夫的信不见了……彼得鲁什卡也压根儿不在隔壁屋里；墙上的挂钟指着一点，而在瓦赫拉梅耶夫昨天的信中提到了一些新的关键之点，初看含含糊糊，但是现在已经真相大白。说到底，连彼得鲁什卡——这彼得鲁什卡也显然被收买了！是的，是的，肯定是这样！

"原来问题的症结在这儿！"戈利亚德金先生叫道，拍了一下自己的脑门，眼睛睁得越来越大，"原来这主要的妖魔鬼怪现在就躲在这个吝啬的德国女人家！可见，她这是在调虎离山，声东击西，让我到伊兹梅洛夫桥去——转移我的视线，让我心神恍惚（这坏透了的老妖婆！），这样来算计我！！！是的，正是这样！只消从这方面来看问题，这一切肯定是这样！而且这混账东西的出现，现在也完全弄清楚了：这是一个连环套，他们早就把他抓在手里，准备好，以备没辙的时候使用。瞧，现在不就是这样吗，一切不就是这样吗！现在一切都已迎刃而解！嗯，没什么！还没有失去时机！……"这时戈利亚德金先生才恐怖地想起，现在已经下午两点了。"如果他们现在先下手为强，那咋办……"他胸口发出一声呻吟……"不会的，休想，他们还来不及下手——咱们等着瞧……"他凑合着穿上衣服，抓起纸和笔，写了如下的一封信：

> 尊敬的雅科夫·彼得罗维奇先生！
>
> 有您没有我，有我没有您，咱俩势不两立！因此我要向您宣布，您那奇怪、可笑与岂有此理的愿望，即想让貌似我的孪生兄弟冒名顶替我的愿望，绝不会有任何结果，只会使您名誉扫地和彻底失败。因此我请求您，为了您自己的利益，赶快靠边站，给真正高尚的人和怀着善良目的的人让路。否则，我将采取甚至最极端的措施。就此搁笔，等候……然而，我随时准备为阁下效劳，或以枪相见。
>
> 雅·戈利亚德金

我们的主人公写完这封短信后，毅然搓了搓手。接着便披上大衣，戴上礼帽，用另一把备用的钥匙打开房门，动身到司里去了。走到司里，但是不敢进门；时间的确太晚了；戈利亚德金先生的怀表指着两点半。突然，一件看似不太重要的情况，解开了戈利亚德金先生的某些疑团：从该司大楼的墙角处突然钻出一个气喘吁吁、满脸通红的人，他悄悄地、迈着耗子似的步伐溜上了台阶，然后又立刻钻进了门厅。这是文书奥斯塔菲耶夫,是戈利亚德金先生非常熟悉的人,也是一个多少有点儿用处、为了十戈比什么事都做得出来的人。我们的主人公知道奥斯塔菲耶夫的这一弱点,考虑到他因有非常要紧的事偷偷溜出来之后,大概较之往常更加贪图得到那几个钱,于是便拿定主意不惜破费,立刻溜上了台阶,随后又紧跟在奥斯塔菲耶夫之后钻进了门厅,叫了他一声,接着便神秘兮兮地把他请到一边,走进一个僻静的角落,钻到一个大的铁炉子后面。我们的主人公把他带到那里去以后,就开始盘问他。

"喂,我的朋友,那里怎么样,那个……你明白我的意思吗?……"

"是,大人,向大人您请安。"

"好,我的朋友,好;我要谢谢您,亲爱的朋友。嗯,你瞧,到底怎么样呢,我的朋友?"

"您想问什么呀?"这时奥斯塔菲耶夫用手稍稍捂住自己那无意中张大了的嘴。

"我想问的是,你瞧,我的朋友,我,那个……你可别往别处想……嗯,怎么样,安德烈·菲利波维奇在里面吗?"

"在里面。"

"其他官员也在里面吗?"

"其他官员也在里面，该来的都来了。"

"司长大人也在？"

"司长大人也在。"这时那文书又第二次捂住自己那重新张大了的嘴，并且有点儿好奇和异样地看了看戈利亚德金先生。至少，我们的主人公是这么感觉的。

"没有发生什么特别的事吗，我的朋友？"

"没有；丝毫没有。"

"关于我，亲爱的朋友，那里不曾谈论我什么吗？"

"没有，暂时还没有听到什么。"这时那文书又捂住自己的嘴，又有点儿异样地望了一眼戈利亚德金先生。问题在于我们的主人公现在正想透过奥斯塔菲耶夫的面容看出点儿名堂来：其中有没有隐藏着什么。果然，似乎其中隐藏着什么鬼名堂；问题在于，这奥斯塔菲耶夫变得不知怎么越来越冷淡，越来越粗声粗气了，现在已经不像谈话之初那样热切地关心戈利亚德金先生了。"他这样多少也有点儿道理，"戈利亚德金先生想，"要知道，对于他我又算老几呢？说不定，他已经得到了另一方的好处，因此才溜出来办最要紧的事。对了，我现在先给他点儿那个……"戈利亚德金先生明白，现在已经到了十戈比、十戈比起作用的时候了。

"给你，亲爱的朋友……"

"由衷地感谢大人。"

"还会给你更多。"

"是，大人。"

"现在，马上，还会给你更多，等事情办完，还会给你这么多。明白吗？"

那文书不作声，直挺挺地站着，一动不动地望着戈利亚德金先生。

"嗯，现在你说吧：关于我什么也没听说吗？……"

"好像什么还，暂时……那个……暂时还没什么。"奥斯塔菲耶夫也像戈利亚德金先生一样一字一顿地回答道，保持着一种略显神秘的神态，微微扬起眉毛，眼睛望着地面，极力保持着一种应有的腔调，总之，使出浑身解数，竭力想把答应给他的钱全部弄到手，因为他已经把这钱当作装在自己腰包里，十拿九稳地到手的了。

"而且什么也没有耳闻？"

"暂时还没有。"

"我说……那个……这，也许会有所耳闻吧？"

"以后，自然，也许会有所耳闻。"

"不妙！"我们的主人公想。

"我说，再给你点儿，亲爱的。"

"由衷地感谢大人。"

"瓦赫拉梅耶夫昨天来过这里吗？……"

"来过。"

"没有别的人来过吗？……你想想嘛，小老弟？"

文书搜索苦肠，竭力回想，但是实在想不出任何应当想出来的事。

"没有，任何人也没有来过。"

"唔！"接着是沉默。

"我说小老弟，再给你一点儿；请把所有的底细全说出来。"

"是。"奥斯塔菲耶夫现在就像块缎子似的站在那儿，百依百顺：戈利亚德金先生要的就是这样。

"小老弟，请给我说说，他现在混得怎样？"

"没什么，很好。"文书回答，睁大两眼望着戈利亚德金先生。

"怎么个好法呢？"

"也没什么特别的。"这时，奥斯塔菲耶夫别有深意地扬了扬眉毛。不过，他简直走进了死胡同，不知道他还应当说什么。"不妙！"戈利亚德金先生想。

"他们以后跟瓦赫拉梅耶夫没有再发生什么事？"

"一切都跟从前一样。"

"再想想。"

"有，据说。"

"嗯，据说什么呢？"

奥斯塔菲耶夫又用手捂住了自己的嘴巴。

"那里没有给我的信吗？"

"今天看门的米赫耶夫曾到他家找过瓦赫拉梅耶夫，也就是上那儿，上他的女房东德国娘儿们那儿，如果需要的话，我可以去问问。"

"那就劳你驾了，小老弟，看在造物主的分上！……我不过随便问问……小老弟，你不要有别的想法，我不过随便问问。小老弟，你去好好问问，打听一下，那里有没有准备采取什么行动来对付我，他在干什么？这正是我需要知道的；你就去打听一下此事，亲爱的朋友，以后我会谢你的，亲爱的朋友……"

"是，大人，可您的位置今天让伊万·谢苗内奇给坐了。"

"伊万·谢苗内奇？啊！对了！真的？"

"安德烈·菲利波维奇让他坐的……"

"真的？因为什么原因呢？你去打听打听这事，小老弟，看在造物主分上。你去打听打听这事,小老弟;把这一切都打听清楚了——我会谢你的,亲爱的;这也正是我所需要的……而你千万不要胡思乱想,小老弟……"

"是,是,我去去就来。可是,大人,难道您今天不想进去了?"

"不了,我的朋友;我不过随便,要知道,我不过随便,我不过随便来看看,亲爱的朋友;可是以后我会谢你的,亲爱的。"

"是。"文书迅速而又热心地跑上了楼梯。戈利亚德金先生则独自一人留在下边。

"不妙,"他想,"唉,不妙,不妙!唉,咱们这事呀……现在多糟糕呀!这一切究竟是什么意思呢?这个醉鬼的某些暗示到底意味着什么呢?比如说,这到底是谁玩的把戏呢?啊!我现在知道这是谁玩的把戏了。原来,就是这样一出把戏。他们大概知道了。所以才让他取而代之……不过,这是安德烈·菲利波维奇让他取而代之的。让这个伊万·谢苗诺维奇;不过话又说回来,干吗让他取而代之呢?让他取而代之到底抱着什么目的呢?他们大概知道了……这是瓦赫拉梅耶夫在捣鬼,就是说,不是瓦赫拉梅耶夫,这人太笨,笨得像段普普通通的山杨木头，我是说瓦赫拉梅耶夫；这是他们合伙替他捣鬼，并唆使这坏蛋到这里来玩这鬼把戏；而那个独眼的德国娘儿们就去告了一状！我一直怀疑这整个阴谋不简单，在这整个老娘儿们式的造谣诽谤中肯定有什么猫腻；我跟克列斯季扬·伊万诺维奇也说过同样的话，他们发誓要杀人（就道德意义上说），于是就抓住卡罗琳娜·伊万诺芙娜不放。不，看得出来，这肯定是些老手干的！我说先生，这肯定是老手干的，而不是瓦赫拉梅耶夫。我在前面已经说过，瓦赫拉梅耶夫很笨，而这……我现在知道了，谁在这里替他们大家捣鬼：这是那个坏蛋在捣鬼，是那个冒名顶替的人在捣鬼！他就是这块料，这也多少证明了他在上流社会能够左右逢源的原因。说真的，我倒真想知道他现混得怎么样了……他在他们那里混得怎么样？不过他们干吗要起用伊万·谢苗诺维奇呢？他们起用伊万·谢苗诺维奇有什么用呢？倒像再也找不到别人了似的。话又说回来，让谁干也没有用，反正都一样；我只晓得一点，这个伊万·谢苗诺维奇，我早就感到他可疑，我早就看出来了：这老家伙不是东西，十分可恶——听说，他还放高利贷，利息高得吓人，跟个犹太佬一样。要知道，这一切都是这蠢货干的好事。这蠢货在整个这件事情中什么都管，什么都插手。这事就这么开始了。先从伊兹梅洛夫桥开始；这事就是这么开始的……"这时戈利亚德金先生皱了皱眉头，像咬了一口柠檬似的，大概想起了一件非常不愉快的事。"嗯，不过，那也没什么！"他想，"不过我想来想去总是想自己的事。这个奥斯塔菲耶夫怎么还不来呢；大概，他坐下来办公走不开或者那里有什么事把他留住了。不过这也不错，我也会搞阴谋了，我也会在背后算计人了。只要塞给奥斯塔菲耶夫十戈比，他就那个……他就站到了我这一边；不过，他是不是真的站在我这一边呢——这倒是个问题；说不定他们也把他……而且，也会跟他商量好，跟他一起搞阴谋。要知道，这骗子一副强盗相，一副地地道道的强盗相！这骗子一肚子坏水！说什么'不，没什么，我由衷地感谢您，大人'。你呀，真是个强盗！"

可以听到有人走动的声音……戈利亚德金先生缩起身子，一个箭步跳到炉子背后。有人下了楼，上了大街。"现在谁会这么出去呢？"我们的主人公暗自思量。过了一小会儿又传来什么人的脚步声……这时戈利亚德金先生忍不住了，便从自己的胸墙后面伸出了一点儿小小的、小小的鼻子尖——刚伸出去，又立刻缩了回来，好像有人拿别针刺了一下他的鼻子似的。这回走过去的人，不说你也知道，就是那个骗子、阴谋家和道德沦丧的家伙——他走过去时照例迈着他那下流的、急促的碎步，一溜小跑，甩起腿来就像准备踢人似的。"混账东西！"我们的主人公自言自语地骂道。不过，戈利亚德金先生不会没有看到，这混账东西腋下夹着一个很大的属于司长大人的绿色公文包。"他这是又在办特差。"戈利亚德金先生想，懊恼得面红耳赤，较之刚才更甚地缩成了一团。小戈利亚德金先生根本就没有看见大戈利亚德金先生，他从大戈利亚德金先生身边步履匆匆地刚一走过，又第三次传来某个人的脚步声，这回戈利亚德金先生猜了个正着，脚步声是那文书的。果然，一个油头粉面的文书把头伸到他藏身的炉子后面；不过这人不是奥斯塔菲耶夫，而是另一名文书，外号叫"皮萨连科"[①]。这使戈利亚德金先生吃了一惊。"他干吗让别人掺和这秘密呀？"我们的主人公想，"真是些野蛮人！他们心目中就没有什么神圣的东西！"

"喂，有什么事，我的朋友？"他问皮萨连科，"谁让你来的，我的朋友？……"

"是这么回事，为了您的事。暂时还没有从任何人那里打听到任何消息。一有消息，我们会立刻通知您的。"

---

① 意为小文书。

"奥斯塔菲耶夫呢？……"

"他出不来，大人。司长大人已经到科里检查过两次了，我现在也没工夫。"

"谢谢，谢谢你了，亲爱的……不过请你告诉我……"

"真的，没工夫……随时都会找我们的……劳您驾再在这里待一会儿，关于您的事一有什么动静，我们会立刻通知您的……"

"不，我的朋友，请你，请你告诉我……"

"对不起；我真没工夫，"皮萨连科说，戈利亚德金先生抓住他的衣襟，他竭力挣脱，"真的，不行。您就劳驾在这里再待一会儿吧，我们会通知您的。"

"马上，马上，我的朋友！马上，亲爱的朋友！现在有一事拜托：有封信，我的朋友；我会感谢您的，我的亲爱的。"

"是。"

"我的亲爱的，想办法交给戈利亚德金先生。"

"戈利亚德金？"

"是的，我的朋友，交给戈利亚德金先生。"

"好吧；我一有机会离开就捎给他。您暂时在这里待一会儿。这里谁也看不见……"

"不,我,我的朋友,你别以为……我站在这里不是为了不让别人看见。我的朋友,现在我不想站这里了……我要去这里的一个小胡同。那里有一家咖啡馆;我要到那里去等你,如果有什么动静,你就来把一切告诉我,懂吗?"

"好吧。不过请您放我走吧;我懂……"

"我会感谢您的,我的亲爱的!"皮萨连科终于挣脱了出来,可是戈利亚德金先生冲他的背影喊道……"这坏蛋后来也变得似乎粗声粗气了。"我们的主人公想,一面偷偷地从炉子后面走出来,"这会儿又找了个借口。这很清楚……起先还这个那个的……不过,他倒的确很忙;也许,那儿事情很多。而且司长大人又两次到科里检查……这又是因为什么呢?……嘿!行啊,也没什么!不过,也许这也没什么,咱们现在等着瞧吧……"

这时戈利亚德金先生打开了门,已经想走到大街上去了,突然,就在这一刹那,台阶旁响起了司长大人隆隆的马车声。戈利亚德金先生还没来得及清醒过来,马车门已经从里面推开了,坐在马车里的那位先生纵身跳到了台阶上。来者不是别人,正是大约十分钟前离开这里的小戈利亚德金先生。大戈利亚德金先生想起了,司长的公馆就近在咫尺。"他这是办特差。"我们的主人公暗自寻思。这时,小戈利亚德金先生从马车里抱起一只鼓鼓囊囊的绿色公文包,还有其他一些文件,最后吩咐了马车夫几句话,接着就推开门,几乎将门撞到了大戈利亚德金先生身上,可是小戈利亚德金先生却故意装作没看见他,使他难堪,接着就一溜小跑,跑上了司里的楼梯。"不妙!"戈利亚德金先生想,"哎呀,咱们的事现在又出纰漏了!瞧他那副神气,主啊我的上帝!"我们的主人公一动不动地又站了半分钟;终于拿定了主意。他没有多加考虑,然而感到他的心在剧烈跳动,四肢在发抖,便跟在他的朋友后面跑上了楼梯。"啊!豁出去了;这跟我有什么关系呢?这事我管不着。"他想,一面在前厅里摘下礼帽,脱下大衣和套鞋。

当戈利亚德金先生走进自己科里,已经暮色四合。无论是安德烈·菲利波维奇,也无论是安东·安东诺维奇,都不在房间里。他俩在司长办公室在向司长汇报;而司长呢,据说也急着去见大臣。鉴于这样的情况,还因为天已薄暮,快到下班的时间了,有几名官员,主要是年轻人,当我们的主人公进去那工夫,正无所事事,聚在一起聊天、说笑,甚至有些最年轻的人,也就是那些没有官衔、地位最低的官,竟悄悄地躲到一个角落,趁大家乱哄哄的时候在窗口玩抛钱猜正反面的游戏。戈利亚德金先生是讲究体面的,而在当前这时刻尤其觉得需要拥有体面和"找到"体面，因此他立刻走到过去比较要好的同僚们跟前，向他们问好，祝他们日安，等等。可是同僚们对戈利亚德金先生的问候却回答得有点儿古怪。他看到大家对他很冷淡、很冷漠，甚至可以说，很严峻，不禁感到十分吃惊，心里很不痛快。没有一个人跟他握手。有些人则简简单单地说了声"您好"就走开了；还有些人只点了点头，还有的人干脆扭转了身子，以示什么也没看见；最后，有些人——这也是戈利亚德金先生感到最可气的，某些没有官衔、地位最低的年轻人，正如戈利亚德金先生公正地形容他们的那样，只会抓紧机会玩抛钱猜正反面、到什么地方去闲逛的愣头青们——竟慢慢地把戈利亚德金先生包围了起来，三五成群地围在他身边，几乎封锁了他的出路。大家都用一种带有侮辱性的好奇望着他。

这兆头不妙。戈利亚德金先生感觉到了这一点，便明智地做好了准备，装作什么也没有看见。突然，有一个完全出乎意料的情况，正如俗话所说，彻底要了戈利亚德金先生的命。

在包围着他的一小撮年轻同僚中，好像故意跟他作对似的，竟在戈利亚德金先生最苦恼的时刻，突然出现了小戈利亚德金先生，他一如既往地开心快活，一如既往地笑容满面，一如既往地活泼淘气，总之：一个淘气包，爱蹦蹦跳跳，爱溜须拍马，爱哈哈大笑，爱耍嘴皮子，爱东奔西跑，一如既往，一如从前，就跟昨天一样，比如说，就跟昨天大戈利亚德金先生感到极不愉快的那一刻一样。他笑嘻嘻地咧开了嘴，转来转去，踏着碎步，笑容可掬地似乎在对大家说"晚安，晚安"，然后就挤进一堆官吏中，握握这个人的手，拍拍那个人的肩膀，跟第三个人稍稍拥抱了一下，而对第四个人则解释说他是遇到怎样一个机会才被司长大人擢用的，他上哪儿去了，干了什么，带回来了什么；跟第五个人，大概是他的最要好的朋友，则带响地亲了亲他的嘴唇——总之，一切都跟大戈利亚德金先生的梦中发生的情形一模一样。小戈利亚德金先生上蹿下跳地跳了个够，跟任何人都按他自己的方式寒暄了一番，跟所有的人都拉了拉关系，使之对自己有利，不管需要不需要，对所有人都巴结了一番，而且巴结了个够，最后才突然，大概是他搞错了，直到现在他还没来得及发现他的最老的老朋友，于是便立刻向大戈利亚德金先生伸过手来。大概，也是因为搞错了，话又说回来，虽说我们的主人公早就完全发现这个为人很不地道的小戈利亚德金先生，但是他还是立刻如饥似渴地抓住了这只想不到会伸给他的手，用最友好的方式紧紧地握了握它，带着某种古怪的、完全意料不到的内心激动和某种令人潸然泪下的感情握了又握。我们的主人公是受骗上当,被他的不无失礼的敌人的最初的冲动欺骗了呢,还是他一时慌了手脚,或者在自己的内心深处感到和意识到自己太孤立无援了呢?——这就很难说清楚了。然而,大戈利亚德金先生在精神健全的状况下,完全自觉自愿地,而且有见证人在场,激动地握了握他称为他的死敌的那个人的手,这却是事实。但是,当他的仇家和死敌,那个为人很不地道的小戈利亚德金先生发现这个横遭众人迫害的、无辜的和被他背信弃义地欺骗了的人搞错了,便毫无廉耻,毫无感情,毫无怜悯心和良心,突然以一种令人不能容忍的无耻,放肆而又粗暴地把自己的手从大戈利亚德金先生的手中抽了出来,这时大戈利亚德金先生是多么惊愕和气愤若狂啊,他又是感到多么恐怖和羞耻啊;这还不够——小戈利亚德金先生还抖动了一下自己的手,倒像他的手经这一握被什么脏东西弄脏了似的;除此以外——他还往一旁啐了口唾沫,并随之做了一个最侮辱人的姿势;这还不够——他还掏出自己的手帕,以一种最肆无忌惮的方式,当场用它擦干净了被大戈利亚德金先生握过的他所有的手指。小戈利亚德金这样做的时候,按照他一向卑鄙下流的习惯,还故意环顾左右,做得让所有人都看到他的这一做法,他看着所有人的眼睛,显然在极力提醒大家那件最不利于戈利亚德金先生的事。可恶的小戈利亚德金先生的这一举动,似乎激起了周围官员们的普遍愤慨;甚至举动轻浮的年轻人也显露出自己的不满。周围掀起了一片七嘴八舌的抱怨声。这屋里的骚动不可能绕过大戈利亚德金先生的耳朵;但是突然,来得正是时候,小戈利亚德金先生的嘴上冒出了一句玩笑,打碎和破灭了我们的主人公的最后一点儿希望,原来的均势发生了倾斜,因而使他那一肚子坏水的死敌重新占了上风。

"诸位,这是我们俄国的福布拉斯①;让我给诸位介绍一下这位年轻的福布拉斯。"小戈利亚德金先生用他那尖嗓子说道,并用他固有的无耻劲儿踏着碎步,在众官吏间钻来钻去,向他们指着那个呆若木鸡而又气愤若狂的真戈利亚德金先生,"咱们亲个嘴吧,心肝宝贝儿!"他以一种令人不能容忍的狎昵劲儿继续道,一面向被他阴险地侮辱的那人走去。一肚子坏水的小戈利亚德金先生开的这一玩笑,看来,在应当得到反响的地方得到了反响,何况其中还包含着对某种情况的阴险的暗示,看来这事早已公开,并为大家所熟知。我们的主人公痛苦地感到敌人正在加害于他。不过他已经拿定了主意。他带着燃烧的

---

① 源出法国作家库弗勒(1760—1797)的小说《骑士福布拉斯猎艳记》,指阴险而又狡猾的寻花问柳者。

目光、苍白的脸和凝滞不动的微笑，从人群中勉强钻了出来。接着便迈开跟跟跄跄的、加快的步伐，径直向司长大人的办公室走去。在快到司长大人办公室的前一个房间，他遇到了刚从司长大人那儿出来的安德烈·菲利波维奇，虽然在这房间里有相当多的在当前这一时刻对于戈利亚德金先生来说完全不相干的各种各样的人，但是我们的主人公对这一情况却根本不予理会。他不失时机地勇往直前，坚决地，果敢地（他几乎自己都对自己感到惊讶，甚至心中都在夸自己居然有这胆量）上前抓住安德烈·菲利波维奇不放，而安德烈·菲利波维奇因受到这出其不意的攻击都惊呆了。

"啊！……您怎么……您有何贵干？"科长问，他根本就没有听戈利亚德金先生在说什么，而戈利亚德金先生结结巴巴地不知说到什么地方突然说不下去了。

"安德烈·菲利波维奇，我……安德烈·菲利波维奇，我能不能现在，立刻跟司长大人单独谈谈？"我们的主人公用最坚决的目光注视着安德烈·菲利波维奇，唠唠叨叨地、清晰地说道。

"什么？当然不行。"安德烈·菲利波维奇从头到脚打量了一番戈利亚德金先生。

"安德烈·菲利波维奇，我说这一切的意思是，我感到很惊奇，怎么这里竟没有一个人起来揭发这个冒名顶替者和卑鄙小人？"

"什——么——么？"

"我是说那个卑鄙小人，安德烈·菲利波维奇。"

"您这是说谁呀？"

"我是说某某人，安德烈·菲利波维奇。我在暗示某某人，安德烈·菲利波维奇；我完全有资格……我以为，安德烈·菲利波维奇，上司应当对这类做法予以鼓励。"戈利亚德金先生补充道，显然已经忘乎所以，"安德烈·菲利波维奇……您大概自己也看到了，安德烈·菲利波维奇，这种高尚的做法标志着我在政治上的无限忠诚——把上司看作父亲，安德烈·菲利波维奇，就是说，我把从善如流的上司当作父亲，并把自己的命运盲目地托付给他。如此这般……就这样……"说到这里，戈利亚德金先生的声音发抖了，他的脸涨得通红，两滴眼泪涌上了他两眼的睫毛。

安德烈·菲利波维奇听着戈利亚德金先生的话，惊讶得不禁向后倒退了两步。然后又不安地环顾四周……很难说，到头来这事会怎么结束……但是突然司长大人办公室的门打开了，司长大人在几名官员的陪同下亲自走了出来。房间里所有的人，无论是谁，都尾随其后。司长大人把安德烈·菲利波维奇叫到身边，然后两人并肩而行，交谈着什么事。大家都逐一走出房间后，戈利亚德金先生才清醒过来。惊魂甫定，他便钻到安东·安东诺维奇·谢托奇金的双肩下，安东·安东诺维奇落在所有人的后头，也在一瘸一拐地走出来，可是戈利亚德金先生觉得，他的神色极其严峻而且忧心忡忡。"刚才我又胡说八道了一通，刚才我又拆烂污了，"他暗自寻思，"嗯，那也没什么。"

"我希望，安东·安东诺维奇，起码您能够听我把话说完，设身处地地考虑一下我的情况。"他低声说，由于激动，声音在稍稍发抖，"因为大家都歧视我，我只好跟您谈谈。安德烈·菲利波维奇的话究竟是什么意思，我至今莫名其妙，安东·安东诺维奇。如果可以的话，请您对我说明一下，行吗……"

"到时候一切都会真相大白的。"安东·安东诺维奇一字一顿地板着脸回答道，戈利亚德金先生觉得，他回答这话时的那副神态清楚地表明他根本不愿意把这谈话继续下去，"很快您就会知道一切的。今天您就会收到关于这一切的正式通知的。"

"这'正式'是什么意思，安东·安东诺维奇？为什么要这么郑重其事呢？"我们的主人公胆怯地问道。

"上司怎么决定，不是你我可以品头论足的，雅科夫·彼得罗维奇。"

"为什么要由上司，安东·安东诺维奇，"戈利亚德金先生说，显得更胆怯了，"为什么要由上司来决定呢？我看不出有什么理由，为什么这事要惊动上司呢，安东·安东诺维奇……关于昨天的事，也许您有什么话要说吧，安东·安东诺维奇？"

"不，不是昨天的事；您大概有什么别的事出了点儿纰漏。"

"什么事出了纰漏，安东·安东诺维奇？我觉得，安东·安东诺维奇，我没有任何事出纰漏呀。"

"您是不是准备跟什么人玩花样？"安东·安东诺维奇猛地打断了十分慌张的戈利亚德金先生的话。戈利亚德金先生打了个寒噤，脸变得像手帕一样煞白。

"当然，安东·安东诺维奇，"他用勉强听得见的声音说道，"如果听信诽谤和我们的敌人的话，而不听另一方的辩白，那，当然……当然，安东·安东诺维奇，那也可能冤枉好人的，安东·安东诺维奇，使人横遭不白之冤。"

"可不是嘛，而您有损于一个积德行善的大户人家的闺秀的清誉而做出的不轨行动，而且这家人还曾有恩于您，对吗？"

"什么不轨行动,安东·安东诺维奇?"

"可不是嘛。此事还涉及另一位姑娘,她虽然穷,但却出身于外国的清白世家,您做的好事难道您自己不知道吗?"

"对不起,安东·安东诺维奇……劳驾,安东·安东诺维奇,您听我说嘛……"

"还有您的背信弃义的行为,以及对另一个人的诽谤——自己作尽了孽,反而诿过于人?啊?这又叫什么呢?"

"安东·安东诺维奇,我并没有赶他走,"我们的主人公说,他又发起抖来,"也没有叫彼得鲁什卡做任何这一类的事,彼得鲁什卡是我的一名用人……他吃了我的面包,安东·安东诺维奇;他享受了我的好客和礼遇。"我们的主人公深情而又富有表情地说道,以致他的下巴也微微发起抖来,眼泪又要夺眶而出了。

"雅科夫·彼得罗维奇,您说他吃了您的面包,也不过这么一说罢了。"安东·安东诺维奇龇牙咧嘴地笑道,从他的声音里可以听出一种揶揄,因而使戈利亚德金先生不由得感到心烦意乱。

"安东·安东诺维奇,允许我再请问您一句:凡此种种司长大人都知道吗?"

"哪儿会不知道呢！不过，您现在还是让我走吧。我没工夫再在这里跟您聊下去了……您该知道的事今天您都会知道的。"

"对不起，看在上帝分上，再待一分钟，安东·安东诺维奇……"

"有话以后再说吧……"

"不，安东·安东诺维奇；我，要知道，求您再听我说一句话，安东·安东诺维奇……我根本没有自由思想，安东·安东诺维奇，对于自由思想我躲之未恐不及；这方面我完全做好了准备，甚至对那种想法充耳不闻……"

"好，好。我已经听说了……"

"不，这事您还没有听说过，安东·安东诺维奇。这是另一回事，安东·安东诺维奇，这很好，真的很好，很高兴能听到这话……我刚刚已经说过，我根本不听那种想法，安东·安东诺维奇，说什么上帝的天意创造了两个完全相同的人，而积德行善的上司看到上帝的天意便收留了这一对孪生兄弟。这很好，安东·安东诺维奇。您瞧，这很好嘛，安东·安东诺维奇，而且我远离自由思想。我把积德行善的上司当作父亲。如此这般，积德行善的上司，而您，那个……一个年轻人总得有个事做……请您多多关照,安东·安东诺维奇,请您帮我美言几句,安东·安东诺维奇……我倒没什么……安东·安东诺维奇,看在上帝分上,还有一句话,安东·安东诺维奇……"

但是安东·安东诺维奇已经离开戈利亚德金先生走得很远了……我们的主人公不知道他站在哪儿,他听见了什么,他做了什么,他究竟发生了什么,他还会发生什么——他听到的一切和他身上发生的一切,使他困惑不解和十分震惊。

他用央求的目光在一群官员中寻找安东·安东诺维奇,想在他心目中再做一番辩解,想对他再说一些有关他自己的好话,表明他在政治上极其可靠,为人也极高尚,等等……然而,渐渐地,一线新的光开始照射进来,透过戈利亚德金先生的迷惘,一线新的可怕的光,突然,一下子,照亮了他前面的整个前景,照亮了他至今还完全不知道的,甚至也丝毫不曾料想到的情况……这时忽然有个人在一边推了一下已经完全晕头转向了的我们的主人公。他扭过头来。他前面站着皮萨连科。

"大人,信。"

"啊!……你已经去过了,亲爱的?"

"不,这还是上午十点钟送来的。谢尔盖·米赫耶夫,那个看门的,从十二品文官瓦赫拉梅耶夫家送来的。"

"好，我的朋友，好，我会感谢你的，我的亲爱的。"

戈利亚德金先生说完这话后便把信藏进他的制服的侧面口袋，并把制服扣子全都扣好；然后向周围看了一眼，他惊讶地发现自己已经站在该司大楼的门厅里，站在拥挤在出口处的一小群官吏们中间，因为下班时间到了。戈利亚德金先生不仅至今没有发现这最后一个情况，甚至没有发现，也不记得他怎么会突然穿上大衣、套上套鞋、手里拿着自己的礼帽的。所有的官吏都一动不动地站着，在毕恭毕敬地等候。问题在于司长大人正站在楼梯下面等候自己那辆不知为什么迟迟不来的马车，正在跟两名高级文官和安德烈·菲利波维奇兴致勃勃地谈着话。在离这两名高级文官和安德烈·菲利波维奇不远处，站着安东·安东诺维奇·谢托奇金和其他一些官吏，他们正笑容可掬地微笑着，因为看到司长大人居然跟下属说笑。挤在楼梯上面的官吏，也在笑容可掬地等候司长大人再度开怀大笑。不笑的只有费多谢伊奇一人，即大肚子门房，他正挺得笔直地站在门把手旁，焦急地等候着他那份照例的快乐，即一下子伸开胳膊，推开半扇大门，让门敞开，然后躬身作圆弧状，恭恭敬敬地让司长大人从他身旁走过。但是看来，最高兴和感到最得意的是戈利亚德金先生的那个不成体统和不登大雅之堂的敌人。在这瞬间，他甚至都忘了所有的官吏，竟撇下他在他们中间钻来钻去、踏着碎步的下流习惯，甚至都忘了利用这机会去对什么人巴结讨好。他全神贯注，在注意地聆听和观看，大概为了听得更方便，甚至有点儿古怪地缩起了身子，目不转睛地紧盯着司长大人，只间或跟抽风似的微微摆动一下两手、两腿和脑袋，从而暴露出他内心正在涌动着不可告人的心计。

"瞧他那股激动劲儿！"我们的主人公想，"这骗子像个大红人似的！我倒想知道，他在上流社会这么吃香凭的是什么？他既不聪明又无性格，既没有教养又没有感情；这骗子交好运了！主啊，上帝啊！这人也爬得真快，真了不得，一下子就人见人爱，左右逢源！我敢发誓，这人前途无量，会爬得很高，这骗子会鹏程万里的——这骗子走运！我还真想知道，他跟他们大家到底说了些什么悄悄话？他跟他们大伙儿到底在搞什么秘密勾当，他们在说什么秘密事？主啊，上帝啊！但愿我也能够这样，那个……也能跟他们稍微……就说如此这般，除非求他帮个忙……就说如此这般，我再也不敢了；就说是我不对，大人，在我们这时代，一个年轻人总得找个事做嘛；我绝不会因为我的情况不明而感到别扭的——一定说到做到！我也不会随随便便地提出抗议，一切我都会逆来顺受的——一定说到做到。除非就这样？……是的，不过这骗子是打不动的，任何花言巧语都打动不了他；他那胆大妄为的脑瓜是听不进任何道理的……不过，咱们不妨试试。也可能，我时来运转，姑且一试嘛……"

我们的主人公感到不安，感到苦恼和感到恐慌，他感到长此下去是不行的，现在已经到了千钧一发的时刻了，必须找个人好好解释一番，因此他稍许挪动了一下位置，正想向他那个卑鄙无耻的、谜一般的朋友站立的地方走去；但是就在这时候司长大人久候不至的马车轰轰隆隆地在大门前响了起来。费多谢伊奇猛一下拉开大门，躬身哈腰，作弧圈状，让司长大人从他身旁走过。所有在一旁等候的人一下子拥向大门，霎时把大戈利亚德金先生从小戈利亚德金先生的身旁挤开了。"你跑不了！"我们的主人公说，一面从人群中挤过去，目不转睛地盯着他要紧盯的那个人。终于，人群散开了。我们的主人公感到自己自由了，便拔脚向自己的敌人追去。

第十一章

戈利亚德金先生的胸中在呼呼喘气：他好像插上了翅膀，飞也似的追赶他那迅速离开的敌人。他感到他身上有一股可怕的力量。但是，尽管有这股可怕的力量，戈利亚德金先生还是能够勇敢地认定，在当前这时刻，甚至一只普普通通的蚊子，如果这时候彼得堡还可能有蚊子的话，也能不费吹灰之力地用自己的翅膀把他的腰打断。他还感到他这人凋零了，完全衰弱了，现在带着他飞跑的完全是一股特别的外力，他根本不是在自己走，相反，他的两腿直打弯，已经跑不动了。然而，这一切是能够好转的。"好转也罢——不好转也罢，"戈利亚德金先生想，由于快跑都几乎喘不过气来了，"但是，这事已经输定了，现在已经毫无疑问了；我已经彻底完蛋了，这也已经是一清二楚，确定无疑，大局已定，在劫难逃了。"话虽这么说，当他看见自己的敌人跟一名马车夫讲好价钱，抬起一条腿，刚要上车，便上去一把抓住他的大衣的时候，我们的主人公就像死人复活，打了一仗，旗开得胜似的。"先生！先生！"他终于向被他追上的那个卑鄙无耻的小戈利亚德金先生叫道，"先生，我希望，您……"

"不，请您不要抱任何希望。"戈利亚德金先生的无情无义的敌人支吾其词地回答道，他的一只脚已经踏在马车的一个踏板上，而另一只脚则使劲想跨上马车，在空中乱蹬，极力保持平衡，与此同时又用足力气想把自己的大衣从大戈利亚德金先生的手中挣脱出来，可是大戈利亚德金先生却用尽吃奶的力气抓住他的大衣不放。

"雅科夫·彼得罗维奇！只要十分钟……"

"对不起，我没工夫。"

"雅科夫·彼得罗维奇……劳您大驾，雅科夫·彼得罗维奇……看在上帝分上，雅科夫·彼得罗维奇……如此这般——说明一下……我冒昧地……就一秒钟，雅科夫·彼得罗维奇！……"

"亲爱的，我真没工夫，"戈利亚德金先生的假仁假义的敌人，装出一副心地善良的样子，看似亲昵实则无礼地回答道，"另外找时间再谈吧，请相信我，我说这话是满腔热诚和真心实意的；但是现在——真的，不行。"

"混账东西！"我们的主人公想。

"雅科夫·彼得罗维奇！"他苦恼地叫道，"我从来都不是您的敌人。一些居心歹毒的人毫无道理地把我描写成……就我这方面来说，我愿意……雅科夫·彼得罗维奇，咱俩立刻就去，好吗？……就像您刚才很有道理地说的那样，在那里我们真心实意地,用直截了当的、高尚的语言……瞧,就到那家咖啡馆去:那时,一切就会自然而然地说清楚——就这样,雅科夫·彼得罗维奇!那时候一切都会自然而然地说清楚的……"

"上咖啡馆?好啊。我不反对,咱们去咖啡馆,不过有个条件,我的朋友,有个条件——那里一切都会自然而然地解释清楚。就说如此这般,心肝宝贝,"小戈利亚德金先生说道,一面从马车上下来,无耻地拍了拍我们主人公的肩膀,"你真是我的好朋友;为了你,雅科夫·彼得罗维奇,我情愿走小胡同(雅科夫·彼得罗维奇,正如您当时很有道理地说过的那样)。要知道,碰上个骗子,真的,他爱把人怎么样就把人怎么样!"戈利亚德金先生的假朋友继续说道,嬉皮笑脸地围着他打圈子,奉承讨好。

两位戈利亚德金先生进去的那家咖啡馆,离大街很远,这时候完全空空荡荡,没有一个人。刚一听到门铃声,就有一位相当胖的德国女人出现在柜台边。戈利亚德金先生同他的卑鄙无耻的敌人走进第二个房间,那里有一个虚胖的、剪短发的小男孩,拿着一把小劈柴在生炉子,使劲想把快熄灭的火重新燃旺。按照小戈利亚德金先生的要求,端来了两杯可可茶。

"一个胖乎乎的可爱的娘儿们。"小戈利亚德金先生说,贼头贼脑地向大戈利亚德金先生挤了挤眼。

我们的主人公涨红了脸,没有言语。

"啊,对了,我忘了,对不起。我知道您的口味。咱们,先生,咱们就喜欢苗条的德国小娘儿们;咱们就爱实话实说,雅科夫·彼得罗维奇,咱们就喜欢身材苗条但风韵犹存的德国娘儿们;咱们可以在她们家租间房子,诱惑她们,让她们心痒难抓,以喝她们的啤酒汤和牛奶汤①为名把咱们的心献给她们,还给她们立各种笔据——咱们就该这么做,你这福布拉斯呀,你真是个叛徒!"

这些话都是小戈利亚德金先生说的,以此来做某种坏透了的,然而却是狡猾、恶毒的暗示,这话暗指某一女士,他假装殷勤地巴结戈利亚德金先生,满脸堆笑,借此虚伪地显示他对他很热情,见到他感到很高兴。这个卑鄙无耻的家伙发现大戈利亚德金先生根本不那么笨,也根本不缺少教养和趣味高雅的风度,还不至于相信他的这一套胡言乱语,于是他就决定改变自己的策略,打开天窗说亮话。假戈利亚德金先生说了这串下流话后,随即以令人愤懑的无耻和狎昵态度拍了拍为人稳重的

---

① 这里的"啤酒"和"牛奶"二词,均为用俄文字母拼写的德国词。

戈利亚德金先生的肩膀，还不满足于此，竟以上流社会中完全有失体统的方式跟大戈利亚德金先生打闹，即妄图重演他过去的下流做法，即尽管气愤填膺的大戈利亚德金先生一再抗拒，并发出轻微的叱责，他还是伸出手来拧了拧他的腮帮子。看到这样猥亵的动作，我们的主人公腾的一下火了，他没有言语……不过，这情况稍纵即逝。

"这都是我的敌人说的话。"他终于用发抖的声音回答道，明智地克制了自己的发作。就在这时候，我们的主人公不安地回头看了一下房门。问题在于小戈利亚德金先生看来心情极佳，正准备说在公共场合不允许说、为社交界尤其为上流社会的规矩所不容的种种狎昵的笑话。

"啊，好吧，既然这样，悉听尊便。"小戈利亚德金先生对大戈利亚德金先生的想法一本正经地反驳道，说罢便把他很不雅观地一口气喝光的可可茶杯放到桌子上，"好吧，咱俩不必多争了，不过……嗯，您现在过得怎么样，雅科夫·彼得罗维奇？"

"我能告诉您的只有一点，雅科夫·彼得罗维奇，"我们的主人公冷静而且颇有自尊地回答道，"我从来都不是您的敌人。"

"唔……那么，彼得鲁什卡呢？叫什么来着！好像叫彼得鲁什卡吧？——嗯，对！怎么，他怎么样？好吗？还是老样子？"

"他还是老样子，雅科夫·彼得罗维奇。"有点儿感到惊讶的大戈利亚德金先生回答道，"我不知道，雅科夫·彼得罗维奇……就我这方面来说……我光明磊落，有一说一，雅科夫·彼得罗维奇，您自己也会同意的，雅科夫·彼得罗维奇……"

"是啊。但是您自己也知道，雅科夫·彼得罗维奇，"小戈利亚德金先生用富有表情的声音回答道，虚伪地用这样的方式把自己装扮成一个满腔愁绪、充满悔恨而又值得同情的人，"您自己也知道，目前时世艰难……我要引用一下您说过的话，雅科夫·彼得罗维奇；您是个聪明人而且持论公允。"小戈利亚德金先生加了一句，卑鄙地吹捧大戈利亚德金先生，"生活不是儿戏，您自己也知道，雅科夫·彼得罗维奇。"小戈利亚德金先生意味深长地说，以此装模作样地表示他也是个有学问的聪明人，是能够谈论高深的问题的。

"就我来说，雅科夫·彼得罗维奇，"我们的主人公兴奋地回答道，"就我来说，我最讨厌绕着弯子说话，我喜欢有话就大胆地说，公开地说，直来直去，有一说一，把事情都光明正大地放到桌面上，告诉您吧，我敢公开而又光明磊落地肯定，雅科夫·彼得罗维奇，我完全于心无愧，您自己也知道，雅科夫·彼得罗维奇，双方都弄错了——一切都是可能的——社交界的说三道四和庸俗的看法……我坦率地告诉您，雅科夫·彼得罗维奇，一切都是可能的。我还要说，雅科夫·彼得罗维奇，如果这样来看问题，如果以光明正大和高尚的观点来看问题，我敢大胆地、毫不假装羞耻地说，雅科夫·彼得罗维奇，如果我发现我错了，我甚至感到很高兴，我甚至乐于承认这一点。您自己也知道，您是个聪明人，而且是个高尚的人。我愿意毫不羞耻，毫不假装羞耻地承认这点……"我们的主人公最后尊严地、坦然地说道。

"时也，命也！雅科夫·彼得罗维奇……但是咱们先不谈这些，"小戈利亚德金先生叹了口气，说道，"不如利用咱们见面的这短暂的时间谈点儿两个同僚之间应该谈的更有益、更愉快的事……说真的，在整个这段时间里，不知怎么搞的，我还没有机会同您说满两句话呢……这事不能怪我，雅科夫·彼得罗维奇……"

"可也不能怪我呀，"我们的主人公热烈地打断他的话道，"可也不能怪我呀！我的心告诉我，雅科夫·彼得罗维奇，这件事完全不能怪我。咱们怪命吧，雅科夫·彼得罗维奇。"大戈利亚德金先生用完全息事宁人的口吻又加了一句。他的声音开始渐渐变弱和发抖。

"好啦，怎么样？您身体一向好吗？"这个误入歧途的人用甜甜的声音问道。

"有点儿咳嗽。"我们的主人公用更加甜兮兮的声音回答道。

"要多加保重。现在正流行时疫，很容易染上咽峡炎，不瞒您说，我已经开始围法兰绒围脖了。"

"没错，雅科夫·彼得罗维奇，是很容易染上咽峡炎的……雅科夫·彼得罗维奇。"我们的主人公经过短暂的沉默之后说道，"雅科夫·彼得罗维奇！我发现我搞错了……我非常感动地想起咱们俩一起在寒舍度过的幸福时光，舍下虽然贫寒，但是我敢说，却是殷勤好客的……"

"可是，尊函中却不是这样写的。"持论完全公正的（不过，也仅仅在这一点上是完全公正的）小戈利亚德金先生不无责备地说道。

"雅科夫·彼得罗维奇！我搞错了……现在我清楚地看到，在我这封倒霉的信件中我也搞错了。雅科夫·彼得罗维奇，我对您于心有愧，雅科夫·彼得罗维奇，请您不要相信……请把这封信还给我，我要当着您的面撕掉它，雅科夫·彼得罗维奇，或者，假如这办不到的话，那我也求您反其意而读之——把意思完全反过来，也就是说，特意抱着友好的想法，把我信中的所有的话都赋予相反的意义。我搞错了。请原谅我，雅科夫·彼得罗维奇，我完全……我不幸地搞错了，雅科夫·彼得罗维奇。"

"您真这么想？"大戈利亚德金先生的背信弃义的朋友相当心不在焉和相当冷淡地问道。

"我真这么想，我完全搞错了，雅科夫·彼得罗维奇，就我而言，我毫不假装羞耻……"

"啊，好，好！您搞错了，这很好嘛。"小戈利亚德金先生粗鲁地回答道。

"雅科夫·彼得罗维奇，我甚至有一个想法，"我们的坦诚的主人公又襟怀坦荡地补充道，他根本没有发现他的假朋友的可怕的背信弃义，"我甚至有一个想法，瞧，上帝创造了两个完全相同的人……"

"啊！这是您的想法！……"

这时，以一肚子坏水著称的小戈利亚德金先生站了起来，拿起了礼帽。大戈利亚德金先生仍旧没有发现骗局，也跟着站了起来，而且老老实实地、高尚地向自己的假朋友微笑着，天真地竭力对他表示亲热，竭力鼓励他，想用这样的办法来与他重修旧好……

"再见，阁下！"小戈利亚德金先生突然叫道。我们的主人公打了个寒噤，在他的敌人的脸上甚至发现了某种狂态——仅仅为了甩掉他，于是他把自己的两个手指塞进向他伸过来的这个不道德的人的手中；但这时……小戈利亚德金先生的无耻达到了登峰造极的地步。这个卑鄙的家伙抓住大戈利亚德金先生的两个手指后，先是握了握它，又立刻，当着大戈利亚德金先生的面，决定重演他今天上午他开过的那个玩笑。人的忍耐到了极限……

当大戈利亚德金先生清醒过来、拔脚向隔壁房间去追他的时候，他那不共戴天的敌人已经用手帕擦过自己的手指，把手帕塞进了口袋，并按照自己的下流习惯急忙溜到隔壁房间去了。他好像没事人似的，站在柜台旁，在吃馅儿饼，并且像个正人君子似的，十分泰然地在向德国食品店的老板娘献殷勤。"当着女士们的面不行。"我们的主人公想，接着走到柜台旁，激动得都差点儿控制不住自己了。

"瞧，这娘儿们长得还真不赖呦！阁下高见？"小戈利亚德金先生大概指望戈利亚德金先生能够没完没了地一忍再忍，于是又开始用他那不成体统的油腔滑调说话。至于那个胖胖的德国女人，显然听不懂俄国话，用她那呆板的、毫无表情的眼睛望着这两位顾客，客气地微笑着。不知羞耻的小戈利亚德金先生的这话，一下子把我们的主人公羞得像着了火似的满脸通红，他再也控制不住自己了，终于向他扑了过去，显然想要把他撕个粉碎，从而彻底结果了他；但是小戈利亚德金先生，按照自己的下流习惯，早就跑远了：他溜之大吉，已经跑到了台阶上。不言而喻，大戈利亚德金先生自然先是呆呆地愣在那儿，少顷才省悟过来，撒开两腿跑去追这恶棍，可是这恶棍却已经坐上了等候在门外、显然与他早就串通好了的出租马车。但是就在这时候，那个胖胖的德国女人看到她的两位顾客跑了，便先发出一声尖叫，用足力气摇了摇铃。我们的主人公几乎边跑边转过头来，把钱扔给了她，替自己和那个没有付账的无耻之徒付了账，没要求找钱，尽管因此而稍稍耽搁了一下，但还是追上了自己的仇敌，上前一把抓住他，在飞跑中匆忙抓住的。我们的主人公使出吃奶的力气抓住了马车的挡泥板，沿大街飞跑了一阵，费劲地想要爬上小戈利亚德金先生拼命守住的那辆马车。这时那马车夫也用鞭子、缰绳、腿以及连声吆喝，催促自己那匹衰弱无力的驽马快跑，不料这驽马竟咬紧马嚼撒开腿飞跑起来，可是它有个下流习惯，每跑三步用后腿尥一下蹶子。

我们的主人公终于爬上了马车，面对自己的仇敌，背靠马车夫，两膝抵着那个无耻之徒的膝盖，右手则使劲儿抓住那个道德沦丧、冷酷无情的仇敌的蹩脚透顶的大衣的皮领子……

这两个冤家对头坐在马车上飞奔，若干时候沉默不语。我们的主人公差点儿都喘不过气来了；马路糟糕透顶，一路颠簸，每走一步都有摔断脖子的危险。此外，他那冷酷无情的死敌还是不肯认输，还是竭力想把他的对手推到车外的烂泥地里去。除了所有这些不愉快以外，加之天气又恶劣透顶。大雪在纷纷扬扬地下个不停，竭力想钻进戈利亚德金先生的敞开的大衣领子。周围是白茫茫一片，什么也看不见。很难看出来，他们到底往哪里去和奔驰在什么大街上……戈利亚德金先生觉得，似乎正在发生某种熟悉的事。有一刹那，他极力回想，他昨天是不是已经预感到了什么……比如说在做梦的时候……最后他心中的烦恼达到了顶点。他使劲儿压在他那残忍的敌人的身上，想喊叫。但是他的喊叫刚到嘴边又咽了回去……有一小会儿，戈利亚德金先生似乎忘记了一切，认为这一切根本就没什么，不过尔尔，不知怎么一来就发生了这种事。说不清，道不明，就此提出抗议是完全多余的，也是十分无聊的……但是突然，几乎就在同一刹那，即我们的主人公最后这样认定的时候，冷不防马车稍一颠簸，就改变了事情的全部意义。戈利亚德金先生霍地像一袋面粉似的从马车上滚落下来，不知落到什么地方去了，他在摔落下来的时候完全正确地意识到，他的确有点儿急躁，而且急躁得太不是时候了。他终于站起来以后才看到他们究竟到了什么地方；马车停在不知道谁家的院子中，可是我们的主人公第一眼就发现，这是奥尔苏菲·伊万诺维奇居住的那家公寓楼的院子。就在这一刹那，他发现他那朋友已经悄悄地溜上了台阶，大概要去拜访奥尔苏菲·伊万诺维奇吧。他在难以形容的烦恼中本来想跑去追赶自己的仇敌，但是幸亏他明智地及时改变了主意。戈利亚德金先生没有忘记跟马车夫结账，他结完账就跑到大街上，撒腿拼命地跑，跑到哪儿算哪儿。大雪还跟先前一样下个不停；跟先前一样白茫茫一片，又潮又黑。我们的主人公不是在走，而是在飞，路上无论碰到谁——男的女的、老的少的，都被他撞翻在地，同时他自己也被男的女的、老的少的撞得跌跌撞撞。周围以及他身后只听见一片惊惶的说话声、尖叫声和喊声……但是戈利亚德金先生似乎昏昏沉沉，浑浑噩噩，对什么也不予理会……然而，他清醒过来时已经到了谢苗诺夫桥头，而且那也是因为他笨拙地撞翻了两个女人以及她们沿街叫卖的商品，而且他自己也摔倒了。"这没什么，"

戈利亚德金先生想,"这一切完全有办法补救。"——于是立刻把手伸进口袋,想给她们一个银卢布,赔偿被他打翻在地的蜜糖饼干、苹果、豌豆和各种食品。突然发出一道新的光,照亮了戈利亚德金先生;他在口袋里摸到了今天上午那文书交给他的一封信。他同时想起不远处有一家他熟悉的小饭馆,于是便跑了进去,一分钟也不耽搁地坐到一张被蜡烛照亮了的饭桌旁,什么也不理会,也不听前来问他要什么的跑堂说什么,拆开信封,开始读使他大吃一惊的如下的信:

高尚的、为我受苦的、我的心永远感到可亲可爱的人:

我在痛苦,我快完蛋了——救救我吧!那个造谣中伤者,那个阴谋家,那个以自己的一肚子坏水著称的人,用自己的网把我禁锢住,我完蛋了!我毁了!但是我讨厌他,而你!……他们把我俩生生拆散了,我给你的信被他们截住了——而这一切都是那个不道德的人利用他的唯一优点——与你长得相似造成的。无论如何,一个人可以长得丑,但却能用智慧、强烈的感情和风雅的举止使人心醉……我完蛋了!他们强迫我,硬要把我嫁出去,其中耍阴谋最甚者当推家父,我的恩人和五品文官奥尔苏菲·伊万诺维奇，大概他想攫取我在上流社会的地位和关系……但是我已拿定主意，并准备使用上天赋予我的各种手段对此进行抗争。今天九点整，请你坐着你的马车在奥尔苏菲·伊万诺维奇家的窗外等我。我们家又要举行舞会了，那个英俊潇洒的中尉也要来。我出来后，咱们就远走高飞。再说还有其他差事也可以为祖国造福。无论如何请你记住，无辜之所以有力，就因为它无辜。再见。坐着马车来，在大门口等我。半夜两点整，我将投入你的保护的怀抱。

至死都属于你的

克拉拉·奥尔苏菲耶芙娜

我们的主人公读完信后，仿佛惊呆了似的坐了几分钟。他心烦意乱，十分激动，面孔像手帕一样煞白，手里拿着信，在房间里走了几个来回；除了自己失魂落魄的处境以外，还加上我们的主人公根本就没发现他当时已成了在这个房间里所有的人特别注意的目标。大概，他服装的零乱，控制不住的激动，不停的来回走动，或者不如说不停的前后奔跑，指手画脚，也许，还有几句在昏昏沉沉、信口开河中说的令人费解的话——大概这一切使在场的所有顾客都对戈利亚德金先生产生了非常不好的印象：甚至连跑堂的也开始疑惑地看着他。我们的主人公清醒过来后发现他正站在房间中央，几乎不成体统和很不礼貌地看着一位外表极其可敬的老者，这老者吃过饭并在圣像前祷告过上帝后，又坐了下来，他也目不转睛地盯着戈利亚德金先生看。我们的主人公浑浑噩噩地看了看周围，发现所有的人，简直是所有的人都用一种最不怀好意、最可疑的目光看着他。突然，一个缀有红领子的退伍军人大声索要《警察局新闻》[①]。戈利亚德金先生打了个寒噤，脸红了：他不知怎么无意中低下了眼睛，看了看地面，看到他竟穿着这么一身不成体统的服装，不用说在公共场合，就是在自己家里，这样的衣服也是穿不得的。皮靴、裤子以及他的整个左侧满是污泥，右脚上的套带[②]断了，而燕尾服甚至有许多地方都撕破了。我们的主人公心烦意乱地走到他看信的那张饭桌旁，他看到有一名饭店伙计正向他走来，脸上带着异样的、既放肆而又坚决的表情。我们的主人公心慌意乱地一下子蔫了，开始观察他身前的桌子。桌上放着不知谁在用餐后没有收拾的盘子、用脏了的餐巾，乱七八糟地扔着刚用过的刀、叉和勺。"谁在这儿吃饭了？"我们的主

[①] 指《圣彼得堡市警察局新闻》，1839—1917年出版于圣彼得堡，除刊载一般的新闻外，还刊登地方消息。
[②] 指从裤脚口往下套在脚底的套带。

人公想，"难道是我？不过一切都是可能的！吃过了饭，自己竟没发觉；我该怎么办呢？"戈利亚德金先生抬起眼睛，又看到身边那个跑堂的，那跑堂好像有什么话要说。

"我应当付多少钱，伙计？"我们的主人公用发抖的声音问道。

戈利亚德金先生周围发出了哄堂大笑；跑堂本人也微微一笑。戈利亚德金先生明白他又出洋相了，做了一件奇蠢无比的事。他明白这是怎么回事以后，感到十分尴尬，为了掩饰这尴尬，他无奈地把手伸进口袋里去拿自己的手帕，大概是为了做点儿什么，免得这么傻站着；但是使他自己和他周围的人感到十分惊讶的是，他掏出的不是手帕，而是大约四天前克列斯季扬·伊万诺维奇给他开的一瓶什么药水。"还是在同一家药房里买药。"这事在戈利亚德金先生的脑海里一闪……他突然打了个哆嗦，吓得差点儿叫起来。闪出一道新的光……一种暗红色的、令人生厌的液体以一种不吉利的反光射进戈利亚德金先生的眼睛……药水瓶从他手里滑落下来，立刻跌得粉碎。我们的主人公发出一声惊叫，往一旁倒退了两步，躲开流出的液体……他全身发抖，他的鬓角和前额上都渗出了汗珠。"可见，有生命危险！"这时房间里出现了一片骚乱和惊慌；大家都围住戈利亚德金先生,大家都对戈利亚德金先生说话,甚至有些人还抓住戈利亚德金先生。但是我们的主人公却像哑巴似的一言不发,一动不动,什么也看不见,什么也听不见,毫无感觉……最后他终于似乎一跃而起,撒腿就往饭馆外面跑,有人冲上来想挡住他的去路,他就把这些人一一推开,几乎失魂落魄地跌坐在迎面驶来的马车上,飞也似的回家去了。

他在寓所的玄关遇见了司里看门的米赫耶夫,手里拿着官署的封套。"我知道了,我的朋友,我全知道了,"我们的筋疲力尽的主人公用衰弱无力而又十分苦恼的声音回答道,"这是正式通知……"封套里果然是一份给戈利亚德金先生的书面命令,由安德烈·菲利波维奇签署,命令他即刻办理移交,把手上的工作交给伊万·谢苗诺维奇。戈利亚德金先生收下了封套,给了门卫十戈比,便进了自己的房间,他看见彼得鲁什卡正在准备和收拾自己的那些破烂和自己的行李,归成一堆,显然打算离开戈利亚德金先生,去伺候引诱他过去的卡罗琳娜·伊万诺芙娜,以代替她家的叶夫斯塔菲。

第十二章

彼得鲁什卡大摇大摆地走了进来，他的举止透着古怪和放肆，脸上透着一种小人得志的洋洋得意的神情。看得出来，他已经想好了要做某件事，而且感到自己完全有资格这样做，那样子仿佛他是个外人似的，就是说像别人家的用人，但绝非戈利亚德金先生的先前的用人。

"嗯，你瞧，亲爱的，"我们的主人公气喘吁吁地开口道，"现在几点啦，我的亲爱的？"

彼得鲁什卡默默地向隔壁走去，然后又走回来，用一种不受制于人的大模大样的口吻宣布道，已经快七点半了。

"嗯，好，亲爱的，好。嗯，您瞧，亲爱的……请允许我告诉你，亲爱的，现在咱们之间的关系似乎都结束了。"

彼得鲁什卡不言语。

"嗯，现在，既然咱们之间的关系都结束了，那么现在请你坦率地告诉我，把我当你的朋友一样告诉我，小老弟，你去哪儿啦？"

"去哪儿？去看过一些好人。"

"我知道，我的朋友，知道。我对你一向很满意，还要给你张服务满意证……那么，现在你在他们那儿怎么样呢？"

"什么怎么样，老爷！您自己也知道。明摆着的事，好人是不会教你学坏的。"

"知道,我的亲爱的,知道。如今这世道好人少,我的朋友;要珍惜,我的朋友。嗯,他们怎么样?"

"怎么样,不是明摆着吗……不过,老爷,我现在没法在您这里干下去了;这您自己也知道。"

"知道,亲爱的,知道;我知道您干活一向卖力、勤快;这一切我都看到了,我的朋友,我尊重你。我一向尊重善良的好人,哪怕是用人也罢。"

"那自然,明摆着嘛!我们当下人的,您知道,当然哪儿好上哪儿。不就这么回事吗。我有什么!明摆着,老爷,没有好人那是不行的。"

"嗯,好了,小老弟,好了;这,我是感觉到的……嗯,给,这是你的工钱和你的服务满意证。小老弟,现在咱俩吻别吧……嗯,我的朋友,现在我有一事相求,最后一件事。"戈利亚德金先生郑重其事地说道,"你瞧,我的亲爱的,什么事都可能发生。我的朋友,即使在金碧辉煌的皇宫里也有痛苦,痛苦是无所不在的,想躲是躲不掉的。你知道,我的朋友,我似乎对你一向不薄吧……"

彼得鲁什卡不作声。

"我似乎对你一向不薄吧,亲爱的……嗯,现在咱们有多少件内衣呢,我的亲爱的?"

"全在这里了。麻布衬衣六件;袜子三双;胸衣四件;法兰绒绒衣一件;内衣内裤两套。您也知道,全在这里了。先生,您的东西我什么也没拿……老爷,主人家的财物我是很爱惜的。我对您,老爷,那个……明摆着,……我是从来不做造孽的事的,老爷;这个您也知道,老爷……"

"我相信,我的朋友,我相信。我说的不是这事,我的朋友,不是这事;你瞧,是这么回事,我的朋友……"

"那自然,老爷;这,咱知道。从前,我还在斯托尔布尼亚科夫将军家当差的时候,他也是这么辞退我的,他本人上萨拉托夫去了……他在那边有领地……"

"不,我的朋友,我不是说这个;我没什么……你不要有别的想法,我的亲爱的朋友……"

"那自然。您也知道,我们当下人的很容易让人说闲话。可是对我到处都很满意。我伺候过大臣、将军、枢密官、伯爵。伺候过许多人,伺候过斯文恰特金公爵、彼列波尔金上校、涅多巴罗夫将军,他们也到领地看过咱农奴。这很自然……"

"是的,我的朋友,是的;好,我的朋友,好。瞧,我的朋友,现在我也要走了……每个人走的路都不一样，亲爱的，也不知道每个人会走哪条路。好了，我的朋友，现在你让我先穿上衣服；是的，你把我的制服也放进去吧……还有另一条裤子，床单，被子，枕头……"

"您吩咐把所有的东西都打成包吗？"

"是的，我的朋友，是的；大概得打成包吧……谁知道咱们会发生什么事呢。好了，我的亲爱的，现在你去找辆车来吧……"

"车？"

"是的，我的朋友，去找辆车，要宽敞一点儿的，要用一段时间。我的朋友，你可千万不要有别的想法……"

"您要出远门吗？"

"不知道，我的朋友，这我也不知道。羽绒褥子，我想，也应当放进去。你觉得怎么样，我的朋友？我就拜托你了，亲爱的……"

"难道马上要走？"

"是的，我的朋友，是的！出现了这样的情况……就是这样，我的亲爱的，就是这样……"

"那自然，先生；瞧，我们团的一名中尉也发生过同样的事；

那儿有位地主，他有个……拐跑了……"

"拐跑了？……怎么？我的亲爱的，你……"

"是的，拐跑了，在另一座庄园结了婚。一切都预先准备好了。派人去追；可是已故的公爵替他说了话，总算把这事摆平了……"

"结了婚，是的……你怎么，我的亲爱的？你怎么会知道的呢，亲爱的？"

"不就知道了嘛，怎么啦！老爷，地球上消息满天飞。我们什么都知道，老爷……当然，谁没作过孽呢。不过我现在要告诉您，老爷，请允许我实话实说，老爷，像下人般有一说一；既然现在谈到了这份上，那我就告诉您吧，老爷：您有敌人——老爷，您有一个情敌，很厉害的情敌，就这样……"

"我知道，我的朋友，我知道；你自己也知道，我的亲爱的……好，现在我就拜托你了。现在我们怎么办呢，我的朋友？你对我有什么忠告呢？"

"是这样，老爷，现在您既然要这样，比方说，既然要走那条路，那，老爷，您就要去买点儿东西——比如说，床单呀，枕头呀，再另买一床双人用的羽绒褥子呀，好的被子呀，等等——可以就在这里楼下一位女邻居那里买：她是个小市民，老爷；她有很好的狐狸皮斗篷；可以上那里瞅瞅，买它一件，要瞅现在就可以去瞅。老爷，您现在就该办这事；这斗篷很好，缎子面，狐狸皮里子……"

"嗯，好吧，我的朋友，好吧；我同意，我的朋友，我就拜托你了，完全拜托了；行啊，斗篷就斗篷吧，我的亲爱的……不过要快，快点儿！看在上帝分上，要快！我就买一件斗篷，不过，劳你驾，要快！快八点了，快点儿，看在上帝分上，我的朋友！要赶快去，要快，我的朋友……"

彼得鲁什卡撂下没有包好的内衣、枕头、被子、床单，以及归置在一起准备打包的各种废物，急匆匆地跑出了房间。这时戈利亚德金先生又一次拿起了信——但是他读不下去。他用两手抱着他那苦命的脑袋，愕然地靠在墙上。他什么事也不能想，什么事也不能做；他自己也不知道他到底怎么啦。最后戈利亚德金先生看到时间正在一点点过去，可是既不见彼得鲁什卡回来，也没见到斗篷，他决定亲自去一趟。他拉开通玄关的门，听到楼下有吵吵嚷嚷的说话声、争论声和议论声……有几名楼下的女邻居在叽叽喳喳地嚷嚷，在对什么事情高谈阔论——可是戈利亚德金先生一听就知道她们在谈论什么。可以听到彼得鲁什卡的声音；后来又听到一些人的脚步声。"我的上帝！她们会把全世界的人都叫来的！"戈利亚德金先生呻吟道，绝望地绞着手，反身跑回了房间。他跑回房间后，几乎控制不住自己地倒卧在长沙发上，把脸埋在靠垫里。他这样躺了大约一分钟后又跳起来，也不等彼得鲁什卡回来，就穿上套鞋，戴上礼帽，披上大衣，拿起自己的皮夹子，急匆匆地跑下了楼梯。"什么也不需要，什么也不需要，我的亲爱的！我自己，一切都由我自己来办，眼下不需要你，说不定，没有你事情还好办些。"戈利亚德金先生在楼梯上遇到彼得鲁什卡后向他嘟囔道；然后就跑到院子里，走出了公寓；他的心几乎停止了跳动；他还拿不定主意……他怎么办，他该做什么呢，在当前这个关键时刻他该怎样行动呢……

"可不是吗：该怎么办呢，主啊我的上帝？这不是没事找事嘛！"他终于绝望地叫道，在街上一瘸一拐地走着，碰运气，走到哪儿算哪儿，"这不是没事找事吗！要是没有这事，正是没有这事，那一切就会迎刃而解；一下子，干净利索、断然、坚决地迎刃而解。一定会迎刃而解的，否则，我让你们砍断一根手指！我甚至还知道用什么办法迎刃而解。它肯定会迎刃而解：我会立刻那个——如此这般地一说，先生，说句不中听的话，我已经走投无路了，事情不能这样办；先生，我的好先生，事情不能这样办，在我们这儿冒名顶替是办不到的；一个冒名顶替的人，先生，那是卑鄙的，绝不会给祖国带来好处。您懂得这道理吗？我就问他，您懂得这道理吗，先生？！这事就会那个了……噢不，话又说回来，怎么呢……这事就根本不会那个了……压根儿不可能那个了……我怎么净胡说八道呢，都笨到家了！我呀，简直在自杀！你呀，简直在自杀！根本不会那个……不过，我说，你是个道德败坏的人，现在把这事弄成了这样！……嗯，我现在何去何从呢？嗯，比如说，我现在该拿自己怎么办呢？嗯，我现在能干些什么呢？嗯，打个比方说，我现在又能干什么呢，你真是个戈利亚德金，你真是个没用的人！嗯，现在怎么办呢？得去雇辆马车；快去给她把马车赶到这里来；就说，不坐马车，咱们会把脚弄湿的……瞧，谁会想得到呢？好小姐呀，唉，我的好小姐！我的规规矩矩的好姑娘呀！我们的人见人爱的好小姐呀。小姐，您艳冠群芳，没说的，您是群芳之首！……而这一切都是由于缺少闺范所致；一切我现在都仔细想过了，咂摸过了，我看呀，这不是因为什么别的，而是因为缺乏闺范。从小就应该对她，那个……有时候就应该让她吃鞭子，可他们却塞给她糖果，让她吃各种甜点心，老家伙还对她哭哭啼啼：说什么你是我的心肝，你是我的宝贝，你是我的好闺女，说什么我要把你嫁给一位伯爵！……他们把她娇惯成这样，现在倒好，她向我们摊牌了；我们演的是哪一出呀！就该从小把她关在家里，可他们却把她送进贵族女子中学，让她去跟法国太太学，跟那时的什么法侨法尔巴拉①学；她在那里跟法侨巴尔巴拉学习各种嘉言懿行——于是就成了现在这德行。说什么，您快来吧，来寻欢作乐吧！说什么，您坐上马车，在几点几点钟，来到我的窗前，用西班牙语唱一支情歌；我等着您，而且我知道您爱我，咱俩一起远走高飞，住在小茅屋里。不过这终究是不成的；我的小姐，既然事情闹到这一步——它终究是不成的。不经父母同意，携同一个规规矩矩、清清白白的小姐一起私奔，是为法律所不许的！说到底，这何苦呢，何必呢，有什么必要呢？嗯，老老实实待在家里，该嫁谁就嫁谁，命里注定嫁给谁就嫁给谁。这样，事情不就结了。而我是一个吃公家饭的人；因为这事我会丢掉自己的饭碗的！我的小姐，因为这事我会吃官司的！不就是这样吗！如果您不知道的话。

---

① 这是贵族女子中学校长的名字，源出普希金的长诗《努林伯爵》：
"她现在所具备的那点修养，
还得归功于贵族女子中学，
这所学校的校长是位太太，
名叫法尔巴拉，是位法侨。"

这都是那个德国女人在捣鬼。这都是那个老妖婆在捣鬼,一切都由她而起,这把火就是从她烧起来的。因为有人听从安德烈·菲利波维奇的主意,极力诽谤一个人,无中生有地造他的谣,煞有介事地编造一些无稽之谈,一切皆由此而起。否则,为什么彼得鲁什卡要在这里横插一杠子呢?这跟他有什么关系呢?这骗子有什么必要非这么干不可呢?我不能这么干,小姐,绝对不能,无论如何不能……小姐,这一回我要请您千万千万原谅我。小姐,这都是由您而起,而不是那个德国女人,根本不是那个老妖婆引起的,纯粹因为您,因为那个老妖婆是个好人,因为那个老妖婆毫无过错,而您,我的小姐,您错了——就是这样!您会使我蒙受不白之冤的……这里有人会完蛋的,这里有人要自己躲避自己,自己都克制不住自己了——哪儿还能举行什么婚礼呢!这一切将怎么了结呢?现在这怎么办呢?如果能知道这一切,我情愿付出高昂的代价!……"

我们的主人公这样绝望地想。他突然清醒过来后,发现自己正站在铸铁街的什么地方。天气很可怕:是个融雪天气,既下雪,又下雨——跟那个难忘的时刻一模一样,即跟戈利亚德金先生的所有不幸由此开始的那个可怕的半夜时分一样。"这时候哪儿能出远门呢!"戈利亚德金先生望着天气,想道,"找死嘛……主啊我的上帝！比如说，这时候，我到哪里去找马车呢？瞧那边角落里似乎有个什么黑乎乎的东西。咱们来瞧瞧，研究一下……主啊我的上帝！"我们的主人公继续想道，迈开他那虚弱的、蹒跚的步伐，向那个看似马车的东西走去，"不，我还是这么办吧：我去跪倒在大人脚下，如果可以的话，就低三下四地求他。就说如此这般；我把自己的命运交到您手里，交到上司的手里了；我就说，大人，求您保护我，对我行行好；如此这般一说，还有这个那个的，这样做是犯法的；不要毁了我，我把您当父亲，不要抛弃我……救救我的自尊心、人格和我的清白家世……不要让我受到一个恶棍、一个道德败坏的人的祸害，救救我吧……他是另一个人，大人，我也是另一个人；他是他，我是我；真的，我是我，大人，真的，我是我；就是这么回事。我说，我不可能像他；让他改变样子，恳请大人让他改变样子——不许他无法无天地、任意妄为地冒名顶替……以儆他人效尤，大人。我把您当作父亲；上司，当然，积德行善、体恤下情的上司理应鼓励这样的行为……这样做甚至有几分骑士精神。我就说，我把您当作积德行善的上司，我把自己的命运托付给您，我再不敢违抗您的意旨了，我信赖您，并主动请辞……我说，就这样！"

"喂,怎么样,亲爱的,是出租马车吗?"

"出租马车……"

"雇你的马车,伙计,用一个晚上……"

"请问,要去很远的地方吗?"

"用一个晚上,一个晚上;甭管我上哪里,亲爱的,甭管我上哪里。"

"您莫非要出城?"

"是的,我的朋友,要出城也说不定。我自己也说不清,我的朋友,我没法跟您先说清楚,亲爱的。要知道,亲爱的,说不定一切都会妥善解决的。自然,我的朋友……"

"是的,很自然,先生,那当然;但愿上帝保佑每个人。"

"是的,我的朋友,是的;谢谢您,亲爱的;嗯,你要多少钱,亲爱的?……"

"马上就走?"

"是的,马上就走,噢不,先在一个地方等会儿……稍候片刻,不要等很长时间,亲爱的……"

"如果包车,这天气,少于六卢布是不行的……"

"嗯,好吧,我的朋友,好吧;我会谢你的,亲爱的。嗯,那你现在先送我一段,亲爱的。"

"请上车；对不起，让我先在这里稍稍收拾一下；现在请上车。请问上哪儿？"

"上伊兹梅洛夫桥，我的朋友。"

马车夫爬上了赶车人的位置，好不容易才把一对瘦骨嶙峋的驽马拽离装草料的木槽，刚要起步往伊兹梅洛夫桥去。但是突然戈利亚德金先生拽了一下马车夫身后的细绳，让马车夫停下来，用恳求的声音请马车夫掉转车头，不去伊兹梅洛夫桥了，而是去另一条街。车夫掉转车头，上了另一条街，十分钟后，戈利亚德金先生新雇的马车就停在了司长大人居住的那座公寓前。戈利亚德金先生下了车，恳请车夫稍等片刻，他自己则按着一颗快要停止跳动的心跑上楼梯，上了二层楼，拽了一下门铃，门开了，于是我们的主人公就出现在司长大人的前厅。

"司长大人在家吗？"戈利亚德金先生就这样向给他开门的仆人问道。

"您有什么事？"仆人从头到脚打量着戈利亚德金先生，问道。

"可我，我的朋友，那个……鄙姓戈利亚德金，一名普通官吏，九品文官戈利亚德金，就说，如此这般，有事求见……"

"请稍等；现在不行……"

"我的朋友,我不能稍等:我的事很重要,刻不容缓……"

"谁派您来的?有介绍信吗?"

"没有,我的朋友,是我自己来的……请你通报一声,我的朋友,就说如此这般,有事求见。我会感谢你的,亲爱的……"

"不行。上头吩咐不见客:大人有客。请您明天上午十点来……"

"请您务必通报一声,我的亲爱的;我不能等,我没法等……我的亲爱的,您要对此负责……"

"你就去通报一声吧;你有什么:舍不得靴子,怕踩坏了?"一个无精打采地坐在板箱上、一直没有说过一句话的仆人说道。

"踩坏了靴子,白磨鞋底!不见客,知道吗?接见他们是每天上午。"

"去通报一声吧。难道怕舌头打个滚掉下来?"

"我可以去通报:反正舌头掉不下来,不见客:早说过——不见客。先进屋吧。"

戈利亚德金先生走进第一个房间;桌上放着一座钟。他看了一眼:八点半。他的心在胸中开始隐隐作痛。他已经想回去了;但是就在这时候,那个瘦高个儿仆人站在里屋的房门口,大声叫戈利亚德金先生的名字。"瞧这大嗓门!"我们的主人公心烦意乱地想道……"唉，你还不如说：那个……就说如此这般，我恳切地、谦卑地前来求见——那个……恳请接见……可现在事情弄糟了，你瞧，我的事全吹了；不过……也行啊，嗯——没什么……"话又说回来，也没什么可考虑的。那仆人回来后说了声"有请"，就把戈利亚德金先生领进了办公室。

我们的主人公进去后，感到好像眼睛瞎了，因为简直什么也看不见。然而，他眼前似乎有两三个人影晃动了一下："嗯，这是客。"戈利亚德金先生的脑海里倏忽一闪。最后我们的主人公终于看清了司长大人黑色燕尾服上那颗星形勋章，然后，渐渐地，进而看到那件黑色燕尾服，最后才看清了周围的一切……

"什么？"戈利亚德金先生身旁有个熟悉的声音说话了。

"九品文官戈利亚德金，大人。"

"怎么啦？"

"特来求见……"

"怎么？……什么？……"

"是这样的。如此这般，特来求见，大人……"

"那您……您是谁？……"

"戈利亚德金先——先——生，大人，九品文官。"

"嗯,您有什么事?"

"我说,如此这般,我把他当父亲;我主动请辞,请保护我免受敌人的伤害——就这事!"

"到底是怎么回事?……"

"当然……"

"什么当然?"

戈利亚德金先生不言语;他的下巴颏开始微微发起抖来……

"说呀!"

"我想到了骑士精神,大人……这里有骑士精神,我把上司当作父亲……如此这般,请保护我,我噙着眼——眼——泪恳求您,这样的行——行——为理……应受——到——鼓——鼓——励……"

司长大人不屑地扭过头去。我们的主人公只感到两眼发黑,有好大一会儿竟什么也看不见。他感到胸闷。他感到气短。他不知道自己站在什么地方……他感到既羞耻又伤心。天知道以后发生了什么……清醒过来后,我们的主人公发现司长大人正在同自己的客人说话,似乎在跟他们很尖锐、很激烈地谈论着什么。戈利亚德金先生立刻认出了其中一名客人。这是安德烈·菲利波维奇；另一位则不认识；不过他的脸似乎也很熟悉——身体魁梧、结实，已经上了年纪，须眉十分浓密，目光锐利而又富有表情。这个不认识的人的脖子上挂着勋章，嘴里则衔着雪茄烟。这个不认识的人吸着烟，也不把雪茄烟从嘴里拿出来，他意味深长地点着头，不时望着戈利亚德金先生。戈利亚德金先生被他看得怪别扭似的；他转过头去望着一边，立刻看到一个十分奇怪的客人。在门（我们的主人公一直把它当作镜子，这在过去也曾发生过）口出现了他——是谁，不说你们也知道，乃是戈利亚德金先生非常熟的熟人和朋友。在此以前，小戈利亚德金先生的确待在另一个小房间里，在匆匆地写什么东西；现在看来，有此必要——于是他就出现了，腋下夹着公文，走到司长大人身边，在安德烈·菲利波维奇的身后略微靠后一点儿的地方占了一个位置，让那个抽雪茄烟的不认识的客人稍稍挡住了一点儿自己，接着，在等待别人对他特别注意的时候，非常乖巧地挤进大家的谈话和商讨，看来，小戈利亚德金先生对他们的谈话非常感兴趣，现在正大大方方地在一旁倾听，频频点头，不时在一旁踩着碎步，微笑着，又不时抬起头来望望司长大人，似乎在用眼神央求大家也允许他插上只言片语似的。"卑鄙！"戈利亚德金先生想，情不自禁地跨前一步。这时将军[1]回过头来，然后迟迟疑疑地亲自走到戈利亚德金先生跟前。

"嗯，好吧，好吧；您先请便吧。您的事我会考虑的，现在先让人送您出去……"这时将军向那个蓄着浓密胡须的陌生客人看了一眼。那人点点头，表示同意。

戈利亚德金先生感到和清楚地懂得，他们接见他是因为别的什么事，而根本不是他所指望的那样。"不管因为什么吧，反正这事非说清楚不可。"他想，"我说，如此这般，大人。"这时他在困惑中垂下了眼睛，望着地面，使他十分惊讶的是，他看到在司长大人的皮靴上有一个很大的白色斑点。"难道撑破了？"戈利亚德金先生想。然而很快戈利亚德金发现，司长大人的皮靴根本没有撑破，只是因为油光锃亮而反光——出现这现象是因为皮靴上了漆，因而显得油光锃亮。"这叫光斑，"我们的主人公想，"尤其在画家的画室里常常保留着这一名称；而在其他什么地方这反光叫光棱。"这时戈利亚德金先生抬起了眼睛，看到该是他说话的时候了，因为拖下去事情很可能恶化……我们的主人公往前走了一步。

"我说，如此这般，大人，"他说，"在我们这时代，冒名

---

[1] 指帝俄时代的文职将军，相当于三品文官，此处指司长大人。

顶替没门儿。"

将军什么话也没有回答，而是使劲拉了拉铃绳。我们的主人公又向前跨了一步。

"他是一个卑鄙的、道德败坏的人，大人，"我们的主人公忘乎所以地说，一面吓得战战兢兢，但与此同时又勇敢而坚决地指着自己那为人不齿的孪生兄弟，这时他正在司长大人周围踩着碎步，"如此这般，我指的就是某某人。"

戈利亚德金先生说完这话后，紧接着是一片骚动。安德烈·菲利波维奇和那个陌生人点了点头；司长大人则不耐烦地使劲拉铃，叫底下人快来。这时小戈利亚德金先生也向前跨了一步。

"大人，"他说，"我冒昧地恳请大人让我说一句话。"小戈利亚德金先生的声音里含有某种极其坚决的态度；其中的一切都在显示他感到自己完全有资格这样做。

"请问，"他又开口道，以自己的热诚抢在司长大人的回答之前，不过这回是问戈利亚德金先生，"请问，您说这话是当着谁的面，您站在谁的面前，您在谁的办公室？……"小戈利亚德金先生整个人都处在异乎寻常的激动中，气得满脸通红，脸上像着了火似的；甚至眼泪都涌上了他的眼睛。

"巴萨夫留科夫先生夫妇到！"那名听差出现在办公室门口，用大嗓门吼道。"名门望族，出身小俄罗斯①。"戈利亚德金先生想，这时他突然感到有人非常友好地用一只手抵住他的后背；然后另一只手也抵住他的后背；戈利亚德金先生的卑鄙的孪生兄弟则殷勤地在前面领路，于是我们的主人公清楚地看到，他们似乎正在押送他向办公厅的大门走去。"就跟在奥尔苏菲·伊万诺维奇家一样。"他想，接着就到了前厅。他回头一看，终于看到他身边是两名司长大人的听差和他的孪生兄弟。

"大衣，大衣，大衣，我的朋友的大衣！我的好朋友的大衣！"那个道德败坏的家伙一迭连声地叫道，他从一名听差手里抢过大衣，径直扔到戈利亚德金先生的头上，以此卑鄙而又不成体统地讥诮他。大戈利亚德金先生从自己的大衣下钻出来时，清楚地听到那两名听差的讪笑声。但是，他对一切都置若罔闻，也不理会任何闲话，走出了前厅，出现在灯火通明的楼梯上。小戈利亚德金先生尾随其后。

"再见，阁下！"他冲着大戈利亚德金先生的背影叫道。

"卑鄙小人！"我们的主人公情不自禁地骂道。

---

① 即乌克兰。

"好吧,卑鄙小人就卑鄙小人吧……"

"你道德败坏!"

"好吧,道德败坏就道德败坏吧……"戈利亚德金先生的为人不齿的敌人这样回答为人正直的戈利亚德金先生,而且由于他固有的卑鄙无耻,还站在楼梯上面眼睛都不眨地直视着戈利亚德金先生的眼睛,似乎在请他继续说下去似的。我们的主人公气得啐了口唾沫,跑了出去,走上了台阶;他气得竟完全不记得是谁和怎样让他坐上马车的了。他清醒过来后看到,他坐的马车正在芳坦卡河旁行驶。"这么说,是去伊兹梅洛夫桥?"戈利亚德金先生想……这时戈利亚德金先生还想要想点儿其他事,但是没法想下去了;他只知道发生了一件非常可怕的事,简直是说不清道不明的一件事……"嗯,没什么!"我们的主人公最后想道,于是就到伊兹梅洛夫桥去了。

第十三章

看来，天气要好转了。果然，在此以前纷纷扬扬下个不停的雨夹雪，逐渐变得稀疏起来，终于几乎完全停了。开始看见天了，繁星在夜空中这里那里地闪烁着。不过湿漉漉的，到处是泥泞，空气潮湿而又喘不过气来，尤其对于戈利亚德金先生，他本来就憋得差点儿喘不过气来。他那湿透了而又变得沉重的大衣，把一种令人难受的温暖的潮气渗进他的四肢，又以它的重量把他那本来就绵软无力的两条腿都快压瘫了。他浑身跟打摆子似的不停地哆嗦，感到身上一阵一阵发冷，冷得叫人受不了；由于筋疲力尽，浑身冒出了虚汗，戈利亚德金先生都忘了利用这个合适的机会，以他那固有的坚决果断的口吻重复他那心爱的口头禅，这也许，可能，总会，多半，一定会时来运转，妥善解决的。"不过，这暂时还没什么。"我们的坚强的、永不泄气的主人公又加了一句，一边从脸上拭去从他那湿透了的圆筒礼帽的帽檐上滴下来的一滴滴冰冷的雨水，水在礼帽上盛不住，于是就四处往下流动。我们的主人公在说了句"这还没什么"之后，就想在奥尔苏菲·伊万诺维奇家院子里的一堆劈柴旁的一段相当粗大的木头上坐下来。当然，关于西班牙情歌和缎带绳梯，已经是想也不用想了；但是找一个僻静的角落，虽然并不十分暖和，但是舒服而隐蔽，还是需要想一想的。顺便提一下，奥尔苏菲·伊万诺维奇官邸玄关的那个小小的角落，还是使他感到十分神往，还在过去，几乎就在这个真实故事的开头，我们的主人公就曾在那里的大立柜和旧屏风之间，在种种旧家具和无用的破烂杂物之间站过两小时。问题在于，戈利亚德金先生现在也已经在奥尔苏菲·伊万诺维奇的院子里足足站着等候了两小时了。但是过去那个僻静而又舒适的角落现在却存在着过去所不曾有过的诸多不便。第一个不便是，大概这地方现在已经被发现了，因此从奥尔苏菲·伊万诺维奇家最近举办的那次舞会出了那件事之后，已经在此采取了防范措施；其次是必须等候克拉拉·奥尔苏菲耶芙娜的暗号，因为一定存在某种暗号。一向都是这么做的，"说来也是，不是我们开的头，也不应由我们结束。"戈利亚德金先生立刻赶巧而又顺便地想起了他很久以前看过的一部小说，书中描写女主人公在完全相同的情况下给阿尔夫莱德发了一个暗号，把一根玫瑰色缎带系在窗口。但是现在已是半夜，加上圣彼得堡的气候以潮湿和多变著称，要用玫瑰色的缎带做暗号是不成的，总之，这是完全不可能的。"不，现在谈不上用缎带做绳梯，"我们的主人公想，"我还是在这里凑合待着吧，既僻静而又悄悄地……我还是在这里站会儿吧。"于是他就在院子里，面对窗户，在一堆码好的劈柴旁找了个地方。当然，院子里有许多不相干的人，驭手呀，车夫呀，你来我往的；此外还有车轮声和马打响鼻的声音，等等；但是这地方终究比较方便：不管人家会不会发现，现在起码有个好处：事情多多少少是在暗中进行的，而且谁也看不见戈利亚德金先生；可是他却能看见一切。窗户里灯火通明；奥尔苏菲·伊万诺维奇家在举行某种隆重集会。不过，音乐声还听不到。"可见，这不是舞会，而是为了别的什么事，随便聚聚。"我们的主人公想，多少有点儿紧张。"不过，是今天吗？"他脑海里倏忽一闪，"不会弄错日子吧？可能，一切都是可能的……肯定，这一切太可能了……说不定这信写的是昨天，我还没有收到，而我之所以没有收到，是因为彼得鲁什卡耽搁了，真是个大坏蛋！要不写的是明天，也就是说，我……应当明天再做这一切，就是坐上马车在外等候……"这时，我们的主人公的心彻底冷了，急忙把手伸进口袋，想把信拿出来核实一下。但是，使他吃惊的是，信竟不在口袋里。"这是怎么回事呢？"戈利亚德金先生半死不活地悄声道，"我把它放哪儿了呢？这么说，我把它丢了？这就太糟糕啦！"最后他终于叫苦连天，"嗯，要是现在它落到坏人手里，咋办？（是的，也许它已经落在坏人手里了！）主啊！这会闹出什么事来啊，唉……哎呀，我的命好苦啊！"这时戈利亚德金先生想到，也许，他那个不成体统的孪生兄弟把大衣扔到他头上的时候，就是为了偷信（他从戈利亚德金先生的敌人们那儿肯定已经嗅出了有这么一封信），一想到这个，戈利亚德金先生就像一片树叶似的发起抖来。"再说，他偷了这信，"我们的主人公想，"不就有证据了吗……多大的证据啊！……"在第一阵魂飞魄散和吓得呆若木鸡之后，血冲上了戈利亚德金先生的脑袋。他一面叫苦，一面恨得咬牙切齿，抱着自己发烫的脑袋，坐到自己那段木头上，开始左思右想……可是想来想去，思想却连不到一块儿，什么也没有想成。一些人的脸在他脑海里晃来晃去，一会儿模糊，一会儿又十分清楚地想起一些早就忘记了的事，一些无聊歌曲的旋律不时钻进他的脑袋……烦恼，这烦恼太不正常了！"我的上帝！我的上帝！"我们的主人公稍许清醒过来后想道，极力压住胸中迸发出来的无声的号哭，"真是多灾多难，倒霉透顶，请赐给我刚强和勇气吧！我完了，我已经灰飞烟灭了——这是毫无疑问的，而且这一切都十分自然，因为也不可能是别的样子。首先，我丢了差事，肯定丢了，绝不会不丢……嗯，就算这事能够凑凑合合地得到解决。就算我的钱一开始还够花吧；那时候——就得另外租套房子了，还得置办点儿家具……首先，彼得鲁什卡是不能用了。没有这骗子我也能行……就这样，用二房东的；嗯，也好！出出进进随我便，彼得鲁什卡也不会唠叨我回来得晚了——瞧，这多好，这就是向二房东租房子的好处……嗯，就算这一切都很好吧；只是我怎么说来说去都说不到点子上呢，我根本就没有说到点子上啊？"这时戈利亚德金先生又陆地想起他当前的处境。他看了看周围。"啊，主啊我的上帝！主啊我的上帝！现在我在说什么呀？"他想，完全慌了神，抱着自己发烫的脑袋……

"老爷，很快就走吗？"有个声音在戈利亚德金先生身旁说道。戈利亚德金先生打了个哆嗦；但是站在他面前的是他的马车夫，他也浑身湿透了，冷得发抖，由于等得不耐烦和无事可做，便想到柴堆后面来看看戈利亚德金先生。

"我的朋友，我没什么……我很快，我的朋友，很快，你再等会儿……"

马车夫瓮声瓮气、嘟嘟囔囔地走了。"他嘟囔什么呢？"戈利亚德金先生噙着眼泪想道，"我不是包车雇了他一晚上嘛，要知道，我那个……现在我有权……就这么回事！我包车，雇了他一晚上，这事不就结了。哪怕就这么站着，反正一样，一切都随我便。愿意就走，不愿意就不走。至于我站在这里，站在柴堆后面，也根本没什么……你根本没资格说三道四；老爷愿意站在柴堆后面，瞧，他就站在柴堆后面了……他不会玷污任何人的名誉——就这么回事！就这么回事，我的小姐，如果您有意知道的话。至于住茅屋，我的小姐，如此这般，在我们这时代，是没人住茅屋的。就这么回事！而品行不端，在我们这个工业化时代，我的小姐，是什么事情也做不成的，现在您自己就是这事的有害榜样……说什么要当名股长，要住茅屋，要住海滨。首先，我的小姐，海滨没有股长，其次，咱们想弄个股长当当，也办不到。因为，比如说吧，就算我打了份申请，我去了——如此这般一说，我想当股长，那个……请大人保护我免受敌人伤害……可是大人会对您说，小姐，那个……股长很多，您在这里，不是在法尔巴拉的女子中学，不是在那里学习恪守闺范，现在您自己就是这事的有害榜样。小姐，恪守闺范就是坐在家里，孝顺父亲，不要过早地想要嫁人。小姐，如意郎君到时候自会找到——肯定会找到！当然，无可争议，必须学会各种本领。比如：有时候会弹弹钢琴，说说法国话，要学会历史、地理、神学和数学——就这么回事！——再多就不必学了。此外还要懂得烹饪；在任何品德优良的小姐的知识范围内，烹饪这门学问肯定是要加进去的。要不像什么话？首先，我的大美人儿，我的好小姐，他们不会放您走的，只会派人去追您，然后就看住您，把您关进修道院。那时候怎么办呢，我的小姐？那时候您叫我怎么办呢？我的小姐，您让我学习某些无聊小说里说的那样，爬上附近一座山岗，泪流满面地遥望囚禁您的那四堵冰冷的院墙，并按照某些糟糕透顶的德国诗人和小说家的习惯，终于一天天憔悴下去，抱病而死吗？是这样吗，小姐？是的，首先，请允许我对您说句友好的话，这事不能这么办，其次，您和令尊令堂都该受到舆论的严厉谴责，因为他们给您看了不少法国书；因为法国书是不会教人学好的。那些书有毒……有致命的毒素，我的小姐！或者您认为，我倒要请问，或者您认为，如此这般，我们的私奔会不受到惩罚吗？而且那个……还会给您一座海滨的茅屋；于是我们就在那里谈情说爱，在美满和幸福中度过一生；后来又生个小宝宝，于是我们就那个……如此这般，我们的爸爸，五品文官奥尔苏菲·伊万诺维奇，瞧，我们生了个小宝宝，您就趁这个合适的机会取消对我们的诅咒，祝福我们小两口吧？不，小姐，还是那句话，这事不能这么办，首先，不会谈情说爱，请您不要指望了。我的小姐，如今丈夫是一家之主，一个善良的、受过良好教育的妻子应当在各方面讨丈夫喜欢。而卿卿我我，小姐，如今在我们这个工业化时代,已经不时兴了;让－雅克·卢梭的时代过去了。比如说,现在丈夫下班回来,肚子饿——说道,宝贝儿,有什么东西吃吗,有酒喝吗,有鲱鱼吃吗?小姐,那您就应当让一切马上齐备:既有酒又有鲱鱼。丈夫只管津津有味地吃着,连正眼也不瞧您,只说,我的小猫,你到厨房去做饭吧,除非,除非,一星期亲吻你一次,而且还很冷淡……照咱们的老规矩就这样,我的小姐!即使吻您,也很冷淡!……如果真要这么考虑,如果真要发展到这一步,如果真要这么看问题,这事不就是这样吗……再说,这关我什么事呢?小姐,您干吗把我拉进您那任性的胡闹里去呢?'说什么您是一个积德行善的、为我受苦的、我的心永远感到亲爱的人,等等,等等。'是的,首先,我,我的小姐,我对您不合适,您自己也知道,我不擅长说恭维话,也不喜欢说各种各样女士们爱听的香艳的琐事,我也不赏识那些爱向女人献殷勤的人,说实话,我也没有玩过什么把戏。弄虚作假、吹牛拍马,您在我们身上是找不到的,现在我们对您讲的完全是实话。我说,就这样,我们的性格就爱直来直去,有一说一,我们有的只是健全的理智;我们不搞阴谋。我不是阴谋家,并以此自豪——瞧,就这样!……我在好人们中间从来不戴假面具,干脆跟您全说了吧……"

突然，戈利亚德金先生打了个寒噤。他那马车夫湿透了的红胡子又伸到他藏身的柴堆后面来了。

"我马上就来，我的朋友；要知道，我立刻就来，我的朋友；说话就来，我的朋友。"戈利亚德金先生用发抖的、心力交瘁的声音回答道。

马车夫搔了搔后脑勺，然后捋了捋胡子，接着又向前走了一步……站住了，怀疑地看了看戈利亚德金先生。

"我马上就来，我的朋友；我，你瞧……我的朋友……我稍许，我，你瞧，我的朋友，在这里只待一秒钟……你瞧，我的朋友……"

"该不会干脆不走了吧？"马车夫终于说道，坚决而又彻底地逼近戈利亚德金先生……

"不，我的朋友，我马上就来。你瞧，我的朋友，我在等人……"

"是的……"

"我，你瞧，我的朋友……你是哪个村的，亲爱的？"

"咱是农奴……"

"主子好吗？……"

"没什么……"

"是的，我的朋友；你先在这里站一会儿，我的朋友。你瞧，我的朋友，你在彼得堡很久了吗？"

"赶一年车了……"

"你日子过得好吗，我的朋友？"

"没什么。"

"是的，我的朋友，是的。要感谢上帝，我的朋友。你呀，我的朋友，要找好人。现今这世道好人少，好人会使你如沐春风，给你吃，给你喝，亲爱的……而有时候你会看到，即使有金山银山也会流泪，我的朋友……你会看到那可悲的例子的；就这么回事，我的亲爱的……"

马车夫好像开始可怜戈利亚德金先生了。

"那好，我再等会儿。难道还要等很久吗？"

"不，我的朋友，不；你知道吗，我，那个……我已经不想等了，亲爱的。你觉得怎么样，我的朋友？我就指望你了。我已经不想在这里等下去了……"

"难道您哪儿也不去了？"

"不，我的朋友；不，我会感谢你的，亲爱的……就这样。该付你多少钱。亲爱的？"

"还讲什么价钱，老爷，随您赏就是了。我等了好久，老爷；

您决不会亏待我的,老爷。"

"好吧,给你,亲爱的,给你。"这时,戈利亚德金先生把六个银卢布统统给了马车夫,严肃地决定不要再浪费时间了,也就是说知趣地趁早离开,何况大局已定,马车夫也打发走了,因此也就不必再等下去了,他离开了院子,走出了大门,往左一拐,便头也不回地拔脚飞奔,同时气喘吁吁,心里感到高兴。"说不定一切都会好起来的,"他想,"我倒好,躲过了一场灾难。"果然,戈利亚德金先生的心中不知怎么突然变得非常轻松起来。"啊,要是能好起来就好啦!"我们的主人公想,不过他自己也不大相信自己的话。"我干脆那个……"他想,"不,我最好还是这样,从另一个角度……要不我最好这么办?……"我们的主人公就这样疑疑惑惑地,一面寻找解开自己疑惑的钥匙,一面跑到了谢苗诺夫桥,而跑到谢苗诺夫桥后又明智又彻底地决定,还是回去的好。"这样更好,"他想,"我最好从另一个角度,也就是说干脆这样。我要这么办——干脆做个旁观者,这事也就了了;瞧,我是个旁观者,是个不相干的人——仅此而已,至于那边,不管出什么事——赖不到我头上。就这样!现在就这么办。"

决定回去后,我们的主人公还果真回去了,何况按照他的如意算盘，他现在已完全置身事外。"这更好：不负任何责任，可是该看到的都看到了。就这样！"就是说，万无一失，事情就了了。他放下心来以后就又钻到那个令人放心而又能起到保护作用的柴堆的和平的阴影下，开始注意地观察窗户。这回他观察和等待的时间并不长。突然，所有窗户里一下子出现了奇怪的骚动，人影幢幢，拉开了窗帘，人们三五成群麇集在奥尔苏菲·伊万诺维奇家的一扇扇窗口，所有的人都探出头来向院子里寻找着什么。因为有一堆劈柴的掩护，我们的主人公竟也好奇地开始注视大家的骚动，关切地伸出头来，起码按照那堆掩护他的劈柴投出的短短的阴影所能允许的程度，向外探头探脑，东张西望。突然他惊慌失措地打了个寒噤，差点儿没吓得就地蹲下。他觉得——一句话，他猜了个正着——他们在寻找的既不是随便什么东西，也不是随便什么人：他们要找的正是他——戈利亚德金先生。大家都在朝他这边张望，大家都在向他这边指指点点。逃跑是不可能了：会看见的……惊慌失措的戈利亚德金先生尽可能紧贴在木柴堆上，直到这时他才发现，这阴影背叛了他，使他露出了马脚，原来这阴影没有把他全遮住。如果木柴中间有个什么老鼠洞，我们的主人公现在一定非常乐意钻进去，并在那里老老实实地坐着，只要这可能。但这是绝对不可能的。他只好进行垂死挣扎，终于开始坚决而又干脆地抬起头来，一下子看着所有的窗户；这样倒好些……突然，他羞得无地自容。大家完全看见他了，大家一下子都看见他了，大家都向他招手，大家都向他点头，大家都在叫他；几扇气窗都"咔嚓"一声打开了，有几个人开始异口同声地向他喊叫……"真让我感到奇怪，这些死丫头们怎么不从小挨鞭子呢。"我们的主人公嘟嘟囔囔地自言自语，他已经完全不知所措了。突然，他（不说你们也知道是谁）从台阶上跑下来，就穿着一件制服，没有戴礼帽，气喘吁吁，转来转去，踏着碎步，连蹦带跳，居心险恶地显示他终于看到了戈利亚德金先生，因而感到十二万分高兴。

"雅科夫·彼得罗维奇。"以为人不齿著称的那人一迭连声地嚷嚷道，"雅科夫·彼得罗维奇，您在这儿呀？您会感冒的。这里冷，雅科夫·彼得罗维奇，快进屋吧。"

"雅科夫·彼得罗维奇！不，我没什么，雅科夫·彼得罗维奇。"我们的主人公用驯服的声音喃喃道。

"不，那不行，雅科夫·彼得罗维奇：大家请您，恳切地请您，大家正在恭候大驾，说：'劳驾，快去把雅科夫·彼得罗维奇请进来。'大家就是这么说的。"

"不，雅科夫·彼得罗维奇；我，您瞧，我最好这样做……我最好回家，雅科夫·彼得罗维奇……"我们的主人公说，他既像热锅上的蚂蚁，又羞得和害怕得浑身冰凉，一冷一热，同时并举。

"不不不不！"那个讨厌的家伙又一迭连声说，"不不不，说什么也不行！走吧！"他坚决地说，接着便把大戈利亚德金先生拽到台阶跟前。大戈利亚德金先生根本就不想进去；但是大家都望着他，硬赖着不走也太愚蠢了，因此我们的主人公只好进去——不过也不能说他进去了，因为他自己也莫名其妙，他到底怎么了。不过这也没什么，就一起进去吧！

我们的主人公还没来得及凑合着恢复常态和清醒过来，已经到了大厅。他脸色苍白，衣履不整，十分狼狈，他用浑浊的目光扫视了一下整个人群——简直可怕！大厅，所有的房间——到处挤满了人。人多得不计其数，女士们姹紫嫣红地挤在一块儿，简直像座花房。这一切都挤在戈利亚德金先生周围，这一切都拥向戈利亚德金先生，这一切用自己的肩膀把戈利亚德金先生抬起来，往外扛，戈利亚德金先生非常清楚地看到，他们都在把他往某个方向扛。"反正不是扛到门外去。"这想法在戈利亚德金先生的脑海里一闪，果然，他们不是把他扛到门外去，而是径直扎到奥尔苏菲·伊万诺维奇的安乐椅跟前去。安乐椅的一边站着克拉拉·奥尔苏菲耶芙娜，脸色苍白，娇慵困倦，一脸愁容，然而却打扮得花枝招展，使戈利亚德金先生尤为注目的是她的一头黑发上插着几朵小白花，这使她更显妩媚。在安乐椅的另一边站着弗拉基米尔·谢苗诺维奇，穿着黑色燕尾服，衣襟上别着自己新得的勋章。戈利亚德金先生被挽着胳臂，正如上文所说，直接往奥尔苏菲·伊万诺维奇身边走来——一边是小戈利亚德金先生，摆出一副非常恭敬有礼、非常忠心耿耿的样子，我们的主人公见状非常高兴，另一边则由安德烈·菲利波维奇架着他，脸上摆出一副极其庄重的表情。"这又是干什么？"戈利亚德金先生想。当他看到他们带他去见奥尔苏菲·伊万诺维奇，他突然仿佛被一道闪电照亮了。关于那封信被截去的想法倏忽闪过他的脑海。我们的主人公犹如在没有穷尽的垂死挣扎中站到奥尔苏菲·伊万诺维奇的安乐椅前。"我现在怎么办呢？"他心中想道，"不用说，干脆大胆地把一切全说出来，有一说一，这倒还不失光明磊落；就说如此这般，以及其他等等。"但是看来，我们的主人公害怕的事并没有发生。奥尔苏菲·伊万诺维奇似乎非常亲切地接见了戈利亚德金先生，虽然没有向他伸出手来，但起码看着他，摇了摇他那白发苍苍的、令人肃然起敬的头——摇的时候带着一种既庄重又悲伤，同时又十分惋惜的样子。起码戈利亚德金先生这么觉得。他甚至觉得，在奥尔苏菲·伊万诺维奇的无神的眼睛里闪过一丝泪花；他抬起眼睛，看到就站在一旁的克拉拉·奥尔苏菲耶芙娜的睫毛上也仿佛闪过一丝泪花——弗拉基米尔·谢苗诺维奇的眼睛里似乎也有某种类似的东西——最后，一向道貌岸然、不为所动的安德烈·菲利波维奇也有陪同大家一掬同情之泪的意思——最后，那个曾经像是高级文官的青年，则趁机号啕痛哭起来……要不，这一切也许只是戈利亚德金先生这么觉得罢了，因为他自己也眼泪汪汪，并且清楚地听到自己的两行热泪正顺着冰冷的两腮往下流……我们的主人公这时已经乐天知命，顺应人心，在当前这一刻他不仅非常爱奥尔苏菲·伊万诺维奇，不仅非常爱所有的客人，甚至也非常爱他那个心怀歹毒的孪生兄弟，现在看来，他不仅根本不歹毒，甚至也不是戈利亚德金先生的孪生兄弟，而是一个完全不相干的、本身就非常可亲可爱的人，戈利亚德金先生用声泪俱下、带着哭腔的声音向奥尔苏菲·伊万诺维奇令人感动地披露自己的心曲；但是由于郁积于心的块垒太多了，竟一句话也说不出来，因此只好用十分雄辩的手势默默地指了指自己的心……最后，安德烈·菲利波维奇大概不想使这位白发苍苍的老人太伤感，便把戈利亚德金先生稍稍拉到一边，让他处于一种似乎完全独立不羁的状态。我们的主人公微笑着，在嘟嘟囔囔地喃喃自语，稍微有点儿莫名其妙，但无论如何已经几乎完全乐天知命，顺乎人心，他开始穿过密集的诸多宾客向外面挤去。大家都给他让路，大家都以一种异样的好奇和带着一种说不清的神秘的同情心看着他。我们的主人公走进另一个房间——到处都受到同样的关注；他隐隐约约听到，一大群人正跟在他后面纷纷挤过来，每走一步都有人看着他，大家都在悄声议论着什么非常有趣的事，摇着头，说长道短，议论纷纷，窃窃私语。戈利亚德金先生非常想知道，他们大家究竟在品头论足、窃窃私语地议论什么。我们的主人公回头一看，发现小戈利亚德金就站在他身边。戈利亚德金先生感到有必要抓住他的一只手，把他领到一边去，恳请另一位雅科夫·彼得罗维奇在所有未来开创的事业中协助他，不要在关键时刻撇下他。小戈利亚德金先生煞有介事地点了点头，紧紧地握了握大戈利亚德金先生的手。我们的主人公由于百感交集，他的心在胸中怦怦跳动。然而，他喘不过气来了，他感到胸口闷得难受；那些注视着他的一双双眼睛似乎在挤压他，压迫他……戈利亚德金先生顺便看到那个头上戴着假发的高级文官。那文官用严厉的、审视的目光看着他,根本不因大家都同情他而有所缓和……我们的主人公拿定主意径直向他走去,以便向他颔首微笑,立刻跟他说清楚到底是怎么回事;但是不知道为什么他并没有做成这事。戈利亚德金先生刹那间几乎完全昏迷了过去,失去了记忆,失去了知觉……他醒过来后发现,他正在团团围住自己的客人们形成的一个大圈子里打转。突然有人在另一个房间里喊了一声"戈利亚德金先生";这喊声迅即传遍了整个人群。一切都激动起来,一切都喧哗起来,大家都一窝蜂似的向第一个大厅里挤去;我们的主人公几乎被人抬着走了出去,而且那个戴假发的、铁石心肠的高级文官就肩并肩地挨着戈利亚德金先生。终于,他抓住戈利亚德金先生的一只手,让他坐在自己身边,面对着奥尔苏菲·伊万诺维奇的座位,不过离他还有相当大的距离。房间里的人,无论是谁,都围坐在戈利亚德金先生和奥尔苏菲·伊万诺维奇的周围,坐在几排椅子上。一切都鸦雀无声,一切都老老实实,大家都保持着庄严的沉默,大家都抬头看着奥尔苏菲·伊万诺维奇,显然在等待什么不十分平常的事。戈利亚德金先生发现,在奥尔苏菲·伊万诺维奇的安乐椅旁,也正对着那个高级文官,坐着另一位戈利亚德金先生以及安德烈·菲利波维奇。沉默在继续:大家的确在等待着什么。"就像在某个家庭，有人要出远门；现在只要站起来，祷告一下上帝就行了。"①我们的主人公想。突然出现了不寻常的骚动，打断了戈利亚德金先生的所有思路。出现了某种期待已久的事。"来了，来了！"人群里七嘴八舌地嚷嚷。"谁来了？"这想法掠过戈利亚德金先生的脑海，他突然产生一种异样的感觉，打了个寒噤。"开始吧！"那个高级文官说，注意地看了看安德烈·菲利波维奇。安德烈·菲利波维奇又看了看奥尔苏菲·伊万诺维奇。奥尔苏菲·伊万诺维奇俨然而又庄重地点了点头。"起立，"那位高级文官说，吩咐戈利亚德金先生站起来。于是那位高级文官抓住大戈利亚德金先生的一只手，而安德烈·菲利波维奇则抓住小戈利亚德金先生的一只手，于是两人庄严地把这两个完全相同的人拉到一起，他俩被人群团团围住，大家都急切地等待着。我们的主人公仓皇四顾，但是大家立刻阻止了他，向他指了指向他伸出手来的小戈利亚德金先生。"想让我们言归于好呀。"我们的主人公想，并感动地把自己的一只手伸给了小戈利亚德金先生；然后，然后又把自己的头向他伸过去。另一位戈利亚德金先生也如法炮制……这

---

① 俄俗：家人远行前，全家人都要围坐在一起，沉默几分钟，然后站起来送别。

时大戈利亚德金先生觉得，他那个背信弃义的朋友在笑，飞快而又狡诈地向围在他们周围的整个人群丢了个眼色，在卑鄙无耻的小戈利亚德金先生的脸上有某种凶险的表情，在他犹大般接吻①时甚至还做了个鬼脸……戈利亚德金先生的脑袋"嗡"的一声两眼发黑；他觉得有无数个，有整整一长队完全相同的戈利亚德金，发一声喊，破门而入，闯进了这屋子的所有房门；但是已经晚了……发出一声响亮的叛徒的接吻声，于是……这时发生了一件完全出乎意料的情况……大厅的门"砰"的一声洞开，门口出现了一个人，单是他那神态就使戈利亚德金先生的心感到冰冷。他的两腿像在地上生了根。他想喊又喊不出来，憋在胸口，憋得十分难受。然而，戈利亚德金先生早就知道这一切，早就预感到一定会发生这类事。那个陌生人俨然而又庄重地向戈利亚德金先生一步步走来……戈利亚德金先生非常熟悉这人。他见过这人，经常见，今天还见过……这陌生人长得魁梧而结实，穿着黑色的燕尾服，脖子上挂着一枚很大的十字勋章，长着一绺浓密漆黑的大胡子；只是嘴上少了一根雪茄，要不就更像了……然而，上文已经说过，这陌生人的目光把戈

---

① 源出《圣经·新约》：犹大出卖耶稣的暗号——"我与谁亲嘴，谁就是他。"（《马太福音》第二六章第四八节）

利亚德金先生吓得心都凉了。这个可怕的人带着一副俨然而又庄重的表情走到我们这篇小说的可悲的主人公面前……我们的主人公向他伸出了手；那陌生人抓住他的手，把他带走了……我们的主人公带着一副心慌意乱和十分悲戚的神情环视了一下四周……

"这位，这位是克列斯季扬·伊万诺维奇·鲁滕什皮茨，医学与外科学博士，您的老相识，雅科夫·彼得罗维奇！"不知谁的令人厌恶的声音在戈利亚德金先生的耳边一迭连声地说。他扭过头去一看：原来这就是戈利亚德金先生那个心术不正、令人厌恶的孪生兄弟。他笑逐颜开，脸上流露出一种卑鄙无耻的幸灾乐祸的表情；他欢天喜地地搓着自己的双手，欢天喜地地左顾右盼，把头扭过来扭过去，欢天喜地地在所有人和每个人的周围踩着碎步；看样子，他乐得都要开始跳舞了；最后他终于跳到前面。从一个仆人手里抢过一枝蜡烛，跑到前面，给戈利亚德金先生和克列斯季扬·伊万诺维奇照亮，引路。戈利亚德金先生清楚地听到，大厅里的人都跟在他后面拥上前去，所有的人都在你挤我我挤你地挤来挤去，大家都跟在戈利亚德金先生后面，异口同声地翻来覆去地说："这没什么；您甭怕，雅科夫·彼得罗维奇，这不是您的老朋友和老相识克列斯季扬·伊万诺维奇·鲁滕什皮茨吗……"最后他们终于走了出去，走到灯火通明的大厅楼梯上；楼梯上也挤着一大堆人；通向台阶的大门砰然洞开，于是戈利亚德金先生就同克列斯季扬·伊万诺维奇一起出现在台阶上。大门旁停着一辆马车，套着四匹马，那些马因为等得不耐烦正在打响鼻。幸灾乐祸的小戈利亚德金先生三脚两步、连蹦带跳地跑下了楼梯，亲自拉开了车门。克列斯季扬·伊万诺维奇用规劝的手势请戈利亚德金先生上车。然而，根本就不用做规劝的手势；帮他上车的人多得很……戈利亚德金先生都吓傻了，他回头一看；灯火通明的整个楼梯上都挤满了人；一双双好奇的眼睛从四面八方看着他；奥尔苏菲·伊万诺维奇本人也端坐在楼梯最上面的平台上，坐在自己的安乐椅里，注意而又十分同情地望着当时发生的一切。大家都在等待。当戈利亚德金先生回头看的时候，一阵等得不耐烦的抱怨声正飞掠过人群。

"我希望，这里没有什么……没有什么应当受到指责的……或者在有关我履行公务上有足以引起大家严厉对待……和注目的事情，不是吗？"我们的主人公心慌意乱地说。周围掀起一片七嘴八舌的喧哗声；大家都不以为然地摇着头。戈利亚德金先生的眼里涌出了眼泪。

"既然如此，我准备……我完全信赖……我可以把自己的命运托付给克列斯季扬·伊万诺维奇……"

戈利亚德金先生刚说完他可以把自己的命运完全托付给克列斯季扬·伊万诺维奇之后，所有围在他周围的人就迸发出一阵可怕的、震耳欲聋的欢呼声，接着又在整个等候着的人群中滚过一片极其不祥的回声。这时克列斯季扬·伊万诺维奇从一边，安德烈·菲利波维奇从另一边，挽起戈利亚德金先生的胳膊，扶他上了马车；至于他那个化身，则按照他一贯的下流习惯，从后面托起他的屁股。不幸的大戈利亚德金先生向所有的人和所有的东西投去自己的最后一瞥，接着就像一只兜头浇了一盆冷水的小猫似的（如果允许这样比喻的话），发着抖，钻进了马车；克列斯季扬·伊万诺维奇也随他之后立刻上了车。马车"砰"的一声关上了车门；可以听到马鞭抽在马身上的声音，马猛地一拉，马车驶离了原地……所有的人都跟在戈利亚德金先生后面向前拥去。他的所有的敌人的刺耳的、狂暴的喊声，也都跟在他后面滚滚向前，算是对他的临别祝福。马车载着戈利亚德金先生飞驰而去，若干时间内，马车周围还有一些人的脸在晃来晃去；但是渐渐地就开始落在后面，终于完全消失不见了。落在后面紧追慢赶，时间最长的是戈利亚德金先生的那个邪门歪道的孪生兄弟。他把两只手插在自己绿色制服裤的裤兜里，带着得意洋洋的神态在紧追慢赶，一会儿在马车这边上蹿下跳，一会儿在马车那边蹦上蹦下；有时候还抓住车窗的窗框，挂在上面，把头伸进窗户，向戈利亚德金先生飞吻，以示送别；但是连他也感到累了，出现的次数越来越少了，终于完全消失不见。心开始在戈利亚德金先生的胸中隐隐作痛；一股热血冲向他的脑门；他感到胸闷，他想解开扣子，袒露胸脯，把雪撒遍整个胸部，用冷水浇遍全身。他终于昏迷了过去……他醒来后看见马车载着自己正在一条他所不熟悉的路上飞奔。左右两边都是黑压压的森林；偏僻，荒凉。突然他惊呆了：两只火球一样的眼睛在黑暗中盯着他，这两只眼睛在闪闪发光，射出不祥而又可怕的幸灾乐祸的光。这不是克列斯季扬·伊万诺维奇！这是谁？难道是他？他！这是克列斯季扬·伊万诺维奇，不过不是过去的克列斯季扬·伊万诺维奇，而是另一个克列斯季扬·伊万诺维奇！这是一个可怕的克列斯季扬·伊万诺维奇！……

"克列斯季扬·伊万诺维奇，我……我好像没什么，克列斯季扬·伊万诺维奇。"我们的主人公胆怯地、战战兢兢地开口道，想多少用恭顺和谦卑使这位可怕的克列斯季扬·伊万诺维奇大发慈悲。

"您将会得到一套公房，有劈柴，有照明，有用人，这都是您不配得到的。"①克列斯季扬·伊万诺维奇像宣读判决书似的严厉而又可怕地回答。

我们的主人公叫了一声，抱住自己的脑袋。呜呼！他对此早已经有预感了。

---

① 上面的话是蹩脚的俄语，以示这是一名俄籍德国大夫。